指尖上的村色

袁国燕 ◎ 著

陕西师范大学出版总社

图书代号：WX22N1358

图书在版编目（CIP）数据

指尖上的村色 / 袁国燕著. —西安：陕西师范大学出版总社有限公司，2022.8
　　ISBN 978-7-5695-3067-4

　　Ⅰ．①指…　Ⅱ．①袁…　Ⅲ．①散文集－中国－当代
Ⅳ．①I267

中国版本图书馆CIP数据核字（2022）第116130号

指 尖 上 的 村 色
ZHIJIAN SHANG DE CUNSE

袁国燕　著

出版统筹	刘东风　冯晓立
责任编辑	张旭升
责任校对	庄婧卿　王丽君
封面设计	丁奕奕
出版发行	陕西师范大学出版总社
	（西安市长安南路199号　邮编710062）
网　　址	http://www.snupg.com
印　　刷	陕西龙山海天艺术印务有限公司
开　　本	710 mm×1000 mm　1/16
印　　张	16.75
插　　页	2
字　　数	213千
版　　次	2022年8月第1版
印　　次	2022年8月第1次印刷
书　　号	ISBN 978-7-5695-3067-4
定　　价	68.00元

读者购书、书店添货或发现印装质量问题，请与本公司营销部联系、调换。
电话：（029）85307864　85303629　　传真：（029）85303879

致村庄，敬非遗

序

让美被看见

  国燕是我的小乡党，所以对她的创作格外关注。以前读她的散文多，后来陆续读到几部报告文学，让我眼前一亮，她不仅对时代反应快、选题准，行动上也快人一步。经《珍民珍迹》《古村告白》两部长篇纪实的练手，注定了眼下这本《指尖上的村色》写作上的成熟。

  我一直认为，报告文学不仅是眼力、脑力、笔力活，更是脚力活，辛苦、劳累自不言说，外出采访时还得别家舍子，深入艰苦之地，女作家在这方面显然没有优势。而国燕能吃苦，肯思考，接地气，且有灵气，有慧气，所以写得相对大气、开阔，也有纵深度，像长河里的浪花，时不时卷过来冲击人心。

  这本《指尖上的村色》是从非遗产业来反映乡村振兴的。非遗保护有句话叫"见人见物见生活"，国燕的书写正是如此，字里行间闻得见风尘仆仆的乡野气息；她走进村庄街巷，遍访手工艺人，用文字和心灵还原时间的轨迹，还原生活现场，还原手工艺的前世今生。

  国燕用夏秋冬春四个季节架构全书篇目，随着她一路写来，我仿佛成了同行者，在四季变幻里，随她一起置身一个个美丽的村庄，在作坊中与手艺人聊天，听着匠心故事，亲眼看着手艺人用一道道工序，为自己的作品赋予形和色。

国燕的介入方式是现场发现与口述实录相融合，而背后支撑她的是情感和态度。用脚、用眼、用心去感悟当下性、当代感、现场性、在场感。每一种手工艺，国燕都挖出它的根来，让读者循得到起点，让手艺人找得到走过的路标。

报告文学往往容易有报告无文学，或者有果实无树根。国燕显然很注意两者的融合，她追溯过往，呈现当下，但又是指心的，不仅强调写实价值、地域风情，更有对手工艺的敬畏，与手工艺人的共情。

名气越大的村庄，越典型的手工艺，往往越难写出新意。国燕深入挖掘，独辟蹊径，而不是泛泛介绍工艺流程，她笔下满载地缘，满载人情，精准激活了手工艺的符号元素。她能够在多维度的呈现中，找到唯一性、独特性，写出了在政府、政策、政事的阳光普照下，手艺人的创业史、奋斗史、心灵史，以个体化叙写，触发情感共鸣。

今年初夏回西安，国燕来看望我，聊了以后才知道，为了写这本乡村非遗产业的书，她查了大量的资料，只身跑遍陕南、陕北和关中踩点，她不仅仅在博物馆看，还要越陌度阡寻到手艺发源的村子，没有熟人引荐，就以游客的身份"卧底"，不动声色地去感受、交谈。我细看书里写到的人物，有著名的国家级非遗传承人，也有普普通通的村民，可见她的应变能力、搭讪能力，还是很强的。

国燕的文字，由早年的清冽、华美，到现在的简朴、静气，洗去铅华，沉实下来，却更耐看。我想这一定是写报告文学带给她的收获。更难能可贵的是，她有一种使素朴变奢华，使单一变丰富的张力，不仅满足于文字的平面化叙事，更勇于探索表达上的活色生香，努力运用形象思维和场景描述，再现场景、风景，让文字有画面感。她的这个思路不错，也符合现在的时代，路子走对了。

中国拥有14亿人口，在960万平方公里的国土上，分布着56个民族，对这样一个大国来说，人民小康何其难，乡村振兴何其广，我们民族为之跋涉了几千年。胜利之时，文学当然不能缺席。

国燕从"指尖"这个具象，呈现小康气象，解读时代之新，从手工艺振兴这个点着眼，送来一个个奔腾的乡村。让我感受到历史的质地、时代的温度、百姓的心跳，也让我的内心充满了振兴的热望。

如今，中国的乡村迎来了黄金时代，非遗产业也迎来了黄金时代。从这一点来说，国燕这个选题又选准了，而且走在了前头，使这本书不但有时代性，也具有一定的开拓性。

"乡土最中国。"我想，这句话不仅指风俗民情的多彩、山川河流的哺育，更有非物质文化遗产保护和手艺人的功劳。正是国之保护、民之坚守，留住了乡村之根，丰富了时代之美。

愿所有乡村的美、手工艺的美被看见。

愿所有文学的美、作家的美被看见。

周明

2021年炎夏八月，北京

（周明：作家、编审，陕西周至人，享受国务院特殊津贴。曾任中国现代文学馆副馆长、中国报告文学学会常务副会长。获中国报告文学事业终身贡献奖）

目　录

序章 | **谁持彩练当空舞**

装点此关山 / 003

村光明媚 / 008

寻找一个主语 / 012

夏篇 | **最是黄土起风情**
　　　　——腰鼓村的千年雄风

鼓振天下 / 019

声动冯家营 / 030

制鼓师 / 040

万绿丛中一点红 / 047

我的黄土我的团 / 056

鼓从塞北来 / 066

三道道蓝 / 076

I

秋篇 | **从一根藤条出发**
　　　　　——藤编村的女人们

"郑人南奔"的地方 / 081
她活成了一根藤条 / 085
最亮的一颗星 / 098
春风又绿水井村 / 107
幸福工程 / 118
夜宿黄官镇 / 122

冬篇 | **彩羽之下　泥土之上**
　　　　　——泥塑村的五彩史书

凤翔之地 / 129
六营村的请柬 / 144
与泥土一起涅槃的人 / 156
三个女人的村庄 / 172
"板板土"的秘密 / 191

春篇 | **夜不下来的村庄**
　　　　　——袁家村的烟火深处

袁家村夜话 / 197
像春天一样悸动 / 202
邂逅老手艺 / 212
袁家村力量 / 240

后记　　村庄的盛情 / 251

序章

谁持彩练当空舞

装点此关山

一直固执地认为,手工艺,应该是一个动词。永远动,无穷动。

它从刀耕火种走来,借森林河流的子宫,乡野村落的孕育,在岁月的襁褓中分娩,在时光的脐带中慢慢长大,长成一个天地人合一的使者。把人与自然的苦恋、手的热与冷、心的酸与甜,统统打包扛在肩上,在青山绿水中一路跋涉。

探索的脚步,开辟了驼铃叮当的丝绸之路;指尖工艺,凝成了丝绸、陶瓷、茶叶……风从东方来,民族风格,指尖智慧,物华天宝,惊艳了西方的天空。

漫漫时空中,这个使者在天地间修炼出一双翅膀——它所需的,工业化一一奉上;它所梦的,智能化瞬间实现。于是,使者在犹豫:是继续用脚踩着大地行走,还是张开翅膀迎风去飞。

我和许多人一样,热切关注着这个来自远古的手工艺使者。它的脚板,带着女娲抟泥造人的胎记。它的指尖,藏着一个民族的记忆。它的掌心,持着同苏武手中一样的汉节,即使磨得没毛了,也指向大汉的方向。

归去来兮,脚步锵锵。

我沿着使者的一行行脚印,在村头巷尾,在乡野田舍,试图溯源,找根，寻魂。

拨开工业化的浪潮、城市化的兴隆，在中国雄姿英发的号角中，一个声音直击人心："民族要复兴，乡村必振兴。"

正是这样的高瞻远瞩、精准攻克，2020年，中国打赢了世界瞩目的脱贫攻坚战，一个里程碑式的胜利，让乡村扬眉吐气，生机盎然。

2021年中共中央一号文件《中共中央国务院关于全面推进乡村振兴加快农业农村现代化的意见》，又一次直抵人心："实现巩固拓展脱贫攻坚成果同乡村振兴有效衔接""加快推进农业现代化""大力实施乡村建设行动"。乡村，迎来了新中国历史上的高光时刻。城乡不再二元对立，现代化统领长天一色。

有专家指出，乡村振兴有很多纬度和考量指标，但归根结底，是人文生态恢复、文化的振兴。我没有专家们全视野的认知，只有一个朴素的想法：

让乡村回归乡村，

让时光雕刻时光，

让时代看见时代。

当下，中国版图上丰富的民间文化资源，越来越多地以"民艺+产业"的途径传导、"文化+旅游"的方式传播，以继承人的接续在传承。浸润水土气息和地域风情的手工艺，从个体生活需求，到大众的审美对象，迎来了黄金时代。

越来越多的国人，在时间沉淀的手工艺样态中，发现生活，站在时间的两端，发现时代，惊醒生命里的生机。

越来越多的国人，会在某个村落，或者某个时刻，轻轻问一声：嗨，手工艺，你们还好吗？

在网上，只要打开非物质文化遗产的视频或讲座，全国各地的手工艺斑斓如画，蒸腾着山水和大地的气息，或朴素或艳丽，或实用或装饰，每一件，都饱含心跳和情感。

它们，从沧桑中来，到时间里去。

一个做电商的朋友告诉我，"手工产品火得很，上一件卖一件，供不上货"。究其因，"每一件都独一无二，还有就是，人们对手工的尊重，对生态的崇尚"。

市场供求往往脉动着人心，从这点看，手工艺的兴盛、回归，不仅是将指尖技艺变成指尖经济，也是乡村历史、乡村精神的回归。

"农村变化大得很。"这是近几年走访中，听到最多的一句话。不光我，大家都在看见、在发现。成千上万的村庄，贫困在消失，文化在归来，精神在起立。

天、地、人合一生出的美，通向自然，通向生活，通向灵魂，也通向你我。

我查了相关资料，至2020年，中国已有42个非物质文化遗产项目列入联合国教科文组织名录，位居世界第一。这些悠久历史和璀璨文明，发源于民族和村庄。

2001年，昆曲最早入选联合国教科文组织"人类口头和非物质遗产代表作名录"，如果以它为时间节点，今年，我国"非物质文化遗产"概念下开展的保护工作迎来了二十周年。

二十年，足以形成以文化为底色的国风、家风、村风。乡村文化在中国大地上，被自醒地保留，被自觉地坚守，被自信地传播。

不是吗，我们越来越意识到：乡土最中国。

记得2014年夏天，我胸怀和酷暑一样的热情去听非物质文化遗产讲座。一进教室，就看到PPT课件上，呈现着一个大大的红色非物质文化遗产标识：

中国非物质文化遗产标识

中国文化遗产标识

整体圆形，内图为方形，象征生生不息的循环、天圆地方的广阔；内图的古陶器鱼纹造型，被一双抽象的手捧在掌心，上下呵护。

美好的寓意不言而喻。

老师展示了中国大地上的剪纸、皮影、泥塑、刺绣、年画、蜡染……鲜艳的色彩、吉祥的寓意，大俗大雅的审美取向，折射着百姓的审美需求和心理指向。

那天，老师还讲到一个新词：非遗新经济。非遗文化的产品不仅可用来欣赏，为保护而保护，而且要搭乘互联网经济快车，通过市场化、产业化举措，融入现代生活，用商业化价值推进非遗文化的活化和传承。

我想，这种新经济模式，正是非遗的生命力所在。

那是我第一次从非物质文化遗产的角度，去认识国家，认知文明，感知时代。

如果说，两千年前，中国文化以工艺品的方式，走向世界，那么当下，中国元素，包括非遗新经济，正在以中国的方式，反哺中国，传播中国。

新时代，新生活，新传承。今天，"国家+省+市+县"的四级保护体系，中央财政十年来累计77.66亿元的投入，50万非遗项目从业者的动能，让我们在民族的记忆和成长史中，不断地寻找流动的传统与生动的当代之间那个链接的新入口。要么更民俗,要么成为民俗与现代的复合体。

所有的传承和转化,都带着中国文化的DNA。

中华先民崇拜太阳。当代人接续传承,将所崇尚的中国文化遗产,幻化成金色的太阳神鸟,四只成圆,绕日而飞,每一根羽毛,都带着光明,每一声鸣叫,都回响着和谐与包容。

这只文化的大鸟,正带着仰望与呵护的目光,飞向神圣的使命。带着"China Cultural Heritage(中国文化遗产)"的英文名片,飞向世界。

在中华民族的宏大叙事中,有一句筚路蓝缕的史诗,也一直在随着民族成长,伴着时代行进:

"装点此关山,今朝更好看。"

村光明媚

赤橙黄绿青蓝紫。

这是大自然的色彩,也是乡村的风光、风俗、风情。每一个村庄,都有属于自己的颜色,生态的、历史的、民俗的、心灵的……

曾几何时,这些明媚的色彩,随着一个个出走的背影,结痂成胸口的一粒朱砂。

我离开村庄很多年,在那个生我养我的地方,很多人出生了,很多人死去了;有人出走,有人回归。一直在的,是院子的两棵树。

一棵是桑树。每年,从枝叶上冒出蚕豆大的绿桑葚开始,我就天天仰头看,盼着快点红起来,快点熟成紫黑。我总会发现第一抹紫黑色,并迅速让它找到属于自己的牙齿,桑葚汁便像墨浪一样,滚过舌头。

另一棵是葡萄树。对它,我关心的不仅是果实,还有"七夕节"。家乡有个风俗,每年牛郎和织女相会的七月初七,男方要上未婚妻家"追节"。一帮小孩早早等在村口,准能蹭到男方的糖和零食。这天晚上站在葡萄架下,能听到牛郎和织女说话。尽管每年都听不着,还是年年欢喜地跑去听。

这就是一个村庄丰富的美感,它来源于大自然,也来源于人文风俗。

作家刘亮程在《远离村人》中写道："能让一棵树长得精壮兴旺的地方，也一定会让一个人活得像模像样。"我总结不出他的"乡村哲学"，但我知道，无论何时，山青水绿，人畜兴旺，民风淳朴，耕读传家，是乡村亘古不变的气质。

有人说，都啥年代了，还耕读传家呢，早过时了。是的，新时代的耕读传家，不同于《白鹿原》《创业史》中单纯的面朝黄土背朝天的劳作，但那个年代敬畏乡规民约、对识字人高看一眼的骨魂，还在传承。耕读传家以其不可动摇的精神基底，一直在与时俱进。

我想，当今的"耕"，不仅指地理意义上的田间地头耕作，也是岗位、技能的耕作。岗位就是"责任田"，技能就是"庄稼汉的把式"。一个有共同生活理念、历史传承的村落，一定有一群精耕细作的人，像大树深深扎根一般。

固执于对手工艺品的喜爱，我关注到指尖的耕作。这几年，走了很多村落，走访了很多手艺人。深深意识到，村和人，是与生俱来的命运共同体。辛勤耕作，共荣；人稀田荒，俱损。

国内民俗学村落研究的代表人物刘铁梁，提出了"村落劳作模式"的概念，关注的是农民如何利用共有的自然资源、进行怎样的生产，拥有哪些生产知识与技能，结成了怎样的生产组织，形成了怎样的交易方式、消费习惯等生活状况。

我想，这个"村落劳作模式"，就是一方水土怎样去养一方人，或者，一方人与一方水土怎样和谐共生。左手农产品，右手手工艺；肩扛收成，胸怀精神，也许就是最好的和谐共生。

我的关注点，就是其中之一：手工艺+。无论是手工艺合作社、非物质文化遗产传承，还是乡村旅游、手工艺品产业，不都是"村落劳作模式"所追求的形式和结果么？

村不在远，有艺则名。

手工艺，是村庄的孩子。孩子出息了，村庄就出名了。

有人把村庄比喻为一个民族的子宫，它的温暖，它营养的多与少，它整体机能的健康，决定着一个孩子将来身体的健康度、智慧的高度与情感的丰富度。

值得庆幸的是，20世纪80年代，中国就开启了对村落，尤其是对古村落的保护，古民居、古街道、古桥、古树都有了编号和相应的保护措施。不过那时很少注意到古村落中的手工艺。

改革开放后，经济腾飞，村民纷纷出门打工、经商，赚钱的路子多了，同时，工业产品的丰富和替代性，让传统的手工艺品遭到市场的白眼，更有自家人的冷眼。曾经的吉祥寓意、生计依靠，都土崩瓦解了。

手艺人转行的转行，出走的出走，离世的离世。

没有了手工艺的空心村，像大而无神的眼睛，每一块地，每一片瓦，都失魂落魄。

21世纪后，乡村旅游热兴起，民俗风情成为最亮眼的看点。凡保留民俗韵味和非遗项目的传统村落，都成了文化名片和"金疙瘩"产业。政府在引领、村庄也在自醒，打造民俗品牌、改建村落时，会专门就非物质文化遗产的开发咨询专家，形成独特的、与手工艺和谐的建筑风格、村容村貌。

民俗文化，小康样态，让村庄焕发生机。精、气、神，一点点饱满。乡村旅游应时而生，手工艺，成为乡村无言的导游。

在近几年走村寻访中，我常常会向那些艺人、村干部追溯手工艺的来路。

最终发现，无数的答案指向一处：乡村的起源，就藏着手工艺的来路。

我在寻找一个个路标。希望这些路标，是游子回家的路，也是游客走进这些村庄的路。

作家梁鸿在《中国在梁庄》一书的后记里写道:

> 有没有可能,农民不离开自己的村庄,不进入城市沦为贫民或底层,在他们祖辈生活的地方,也能够过上幸福、团圆、现代,同时也有主人公之感的生活?

我注意到,梁鸿的此问,是在2010年。她有所不知的是,当她站在故乡梁庄村发问的那一年,陕西省咸阳市礼泉县袁家村的农民,已经率先实现了。在她发问的十年间,中国大部分村庄的农民,也实现了。

精准扶贫工程,把蓝图中的安居、乐业,变成了现实;美丽乡村建设,把梦想中的田园、现代,变成了现实。

曾经出走的游子,在故乡的云、故乡的风中,抚平疲惫和创伤。一个个声音在呼唤,归来吧,故乡芬芳的泥土里,果业、养殖、电商、手工艺、乡村旅游……总有一款适合你。

乡村永远在,春夏秋冬,都是你的归期。

阳光四季暖,春夏秋冬,都是你的花期。

游子归来,"空心村"有了人,更有了人气。

而文化的归来,让村庄不仅有美丽的形,更有美丽的魂。如果说,生机勃发的经济产业是精壮小伙,支撑着村庄的天空,代代传承的老手艺就是德高望重的老人,是村庄的厚土和心灵归宿。

物化的村庄、文化的村庄,一个安放肉身,一个安顿灵魂。

寻找一个主语

"谁持彩练当空舞?"

在动笔前,我一直寻找这句诗的主语:谁?

这个谁,一定是在深山腹地或田野乡村,凭艺立世的手艺人。艺多不压身,手艺,是看家本领。他们所有的坚守、创新,都来自人对大自然的感悟。最终,只有不改初心的衷心者,才能用世代相传的智慧,走进这个时代。

如果说,明代宋应星的《天工开物》是"中国17世纪的工艺百科全书",那么今天的能工巧匠,就是中国古代手工艺传统技艺、经验、精神的活态流变。

艺人不言,作品却在毛遂自荐。

手工艺,不仅是地域名片,还应是一个人艺术造诣的丰碑。

这正是我的追寻之一。

厚厚一沓扶贫先进人物的资料,摆在面前,我在扶贫办提供的这些素材里,寻找关键词:非遗传承人、手工艺产业带头人、文化乡村引领者。

翻一个,果业致富,再翻一个,土特产旺销、养殖变现……我发现,致富奔小康,一个村庄,可以有多种方式,而一个人的精力,只能主打一个"招式"。

总体而言,土地对人的回报,顽强而亘久,而手工艺对人的回报,漫长而无常。

农业与手工业，一个村庄的两面，却是一个人的一生。

国家级工艺大师胡新明引领的凤翔泥塑、"三秦巧娘"李静用藤编手艺让妇女挺起腰杆、"90后"罗勇传承安塞腰鼓制作……我在采访本上，郑重记下这一个个闪光的名字。

翻着资料，忽然想起巧手的母亲。编织、裁剪、刺绣、画图样样行。尤其做布鞋是一绝，鞋头不是蹲着的青蛙，就是立着的蜻蜓，每一双都有创意。那青蛙和蜻蜓，都是她自己画图样，一针一线绣成的，彩线的配色，取动物肌肤本色，立体而逼真。穿上鞋走几步，那青蛙便一蹦一跳，蜻蜓也随着步伐上下翩然。

母亲根据所有孙辈的属相，都给做了几双这样的动物布鞋，我没舍得给儿子穿，一直收藏着。

有一年，母亲在报纸上看到妇女手工艺比赛的消息，就拿着作品去县妇联报了名，竟被推荐参加全省妇女手工艺比赛。我陪她去参赛，在表彰现场，被百花齐放的手工艺惊艳了。一件件欣赏过去，我发现那些大师级精品，都出自乡村合作社，或非遗传承人。她们可以手把手传艺，还常常有机会"走出去"交流、融汇，让手中的绝活不断精进，焕发时代活力。

那一刻才意识到，母亲一手好艺，仅仅出于个人爱好，只能自我精进、自我欣赏，因为没有学徒，没有相应的组织和产业推力，单打独斗，只能点亮自己。

回去不久母亲患病，头晕手抖，渐渐不能做鞋。随着年纪越来越大，彻底放下了。我一直自责，没跟母亲学学这门手艺。否则，她的巧手慧心，还会继续繁衍。

仔细想想，一个人的手工技能，并非全是个人化的知识，也是社会性的存在，不仅存在于个人之脑或之身，更存在于人和人、人与环境的互动中。只有完成了艺术本体与周边环境的联结，才能生生不息。

母亲，是我要找的那个"谁"之一，但显然不是主角。我忽然想到那年陪母亲参加妇女手工艺大赛，眼前一亮，省妇联"三秦巧娘"才艺比赛年年有呀，到那找人物找素材，一定能挖到金。

踏着阑珊秋意，走进省妇女联合会。从介绍资料和公众号上看到，陕西省成立妇女手工合作组织已达700多个，刺绣、编织、剪纸、布艺、串珠、泥塑等民族传统手工艺的抱团发展，辐射带动40万妇女就业，年产值16亿元以上。

一个个数据，传递着暖心的力量；一双双指尖，弹拨着我的心弦。

非遗保护、文化产业，要"见人见物见生活"，而我，更看见了时间与时代。

采访中，遇见的每一个传承人、村干部都说过同样一句话："时代好了，政府支持力度大，有了产业，年轻人都回来了。"

回来，意味着人的自我重塑，何尝不是手工艺的新生呢？

"守得云开见月明。"政府的重视、扶持，保护了一批批非物质文化遗产，也成就了一个个手艺人。各级会议、活动的邀约，现场表演、培训新人的快乐；工艺美术师、非遗传承人的荣誉，让手艺人迎来荣光时刻。

而这背后，是至暗的蛰伏期。

迅猛的城市化进程与工业化扩张，一度让传统手工艺存活的生态逐渐消逝，在中国向现代化挺进的热烈中，民间艺人坐着冷板凳，遭遇了内部传承、外部冲击的双重夹击。

有人无奈转行，或带着手艺遗憾离世；有人坚守一隅，像一只老黄牛，独自耕作着精神家园。

日出日落中，来自手的温度，兀兀穷年。

时代专注前行。

当今的中国正在复兴,民间手工艺也迎来了复兴时代。智能化浪潮的托起,合作社的凝聚力,手艺人的使命感,让手工艺迈出传统革新的步伐,不断与文创、电商、直播接轨,焕发新的活力与光彩。

非遗是民族的文化财富,无数的他(她)们,让非遗也成为生产力。

"三秦巧娘"崔玮,挑起陕西妇女手工艺协会会长的担子,带动全省40万手工妇女用指尖创造财富。她的"巧娘"视频直播带货,两个月就从小白做到金V。开设网上课堂给手艺人出点子,教学新媒体宣传技巧,孵化手工艺品经纪人。以时代之风,领手艺之潮。

致力于打造陕西非遗IP和品牌的袁红,扛起陕西非遗产业促进会的旗帜,让三秦非遗展新韵。成功探索"非遗+"文旅发展模式,将非遗人推向上海进博会,在国际化大平台上,传递民族文化的智慧之光。借第十四届全运会在西安召开的东风,又成功将泥塑、皮影、剪纸等非遗产品签约为特许产品,让东道主的匠心筑梦十四运。

吴堡县张家山镇的"挂面书记"王德烽,他在一次上门走访时,发现当地有农户做手工挂面,而且面丝是独有的空心,从此全心投入挂面推广。为面痴,为面狂,跑断腿,磨破嘴,燎原了星星之火,终于让小挂面成了大产业。吴堡空心挂面走上了《舌尖上的中国》,飞向五湖四海,引爆乡村旅游。

寻访她、他、它的那段时间,无由地,心里总想起一首歌:为了谁,为了秋的收获,为了春回大雁归……我的兄弟姐妹不流泪!

最终发现,自己要找的这个谁,不仅仅是深深记着"我是谁"的民间手艺人,还有那些"为了谁"的谁。一个负责茁壮成长,一个负责阳光雨露。

天工人巧日争新。

无论是匠心独具的手艺人、精益求精的手工艺美术大师,还是手工艺种草人、吆喝者,都在给时代蓄一湖山光水色。

无数的"谁",用自己的指尖,理解时代的模样,在时间的纵轴之上,在天地的亘古绵延中,以匠心为路标,走到花红柳绿的新时代。

四季年年,手工岁岁。

那些指尖磨砺的作品,穿过了光阴流转、时代开阖,才到达你我的门前。

请记住,那不是产品,是时光之珠,东方之魂。

夏篇

最是黄土起风情
——腰鼓村的千年雄风

鼓从村庄来
连着母亲的心跳
回响阳刚的中国

鼓从远方来
敲着时间的心尖
铿锵时代的雄风

坐标：延安·安塞·冯家营村

据传，远古时代的黄河流域各部落、民族之男性用一截中空之树干包之以羊皮、牛皮，携于腰间腋下，击之用以四方围猎、驱兽，后用于作战。《诗经》曰："击鼓其镗，踊跃用兵。"到春秋战国达于鼎盛，且以秦国为最。每战必有鼓，以助军威。后来，腰鼓被广泛应用于民间祭祀活动和节庆活动之中。

············

今之安塞，是北宋与西夏国（今宁夏）边界，为安定边塞在秦长城下筑安塞堡。蒙古宪宗三年（1253）撤堡始设安塞县，"安塞腰鼓"也因地得名，其风格表演和气质以豪放、粗犷、雄浑、刚劲见长。2006年，安塞腰鼓入选首批国家级非物质文化遗产保护名录，安塞区被国家文化部命名为中国"腰鼓之乡"。

——摘自安塞博物馆

鼓振天下

一

此刻，我在跑，也许是因为向鼓乡而跑，心"咚咚咚"直打鼓。在西安—延安动车即将发动那一刻，我迈入车厢，打鼓似的心脏才渐渐平静。放好行李，把椅背调至舒服的斜度，掏出手机，这才发现延安文友微信留言，四句话赫然显示在屏幕上：

庄稼汉打出腰鼓雄风，
信天游唱响大江南北，
农民画画出黄土风情，
巧女人剪出锦绣河山。

每一句话，都是陕北的名片。

我默念着。句子们却不甘心，字字携风，把嘹亮的信天游、律动的鼓声又送到我的耳边。那神秘、浓郁、质朴、雄劲的气场，曾引无数英雄竞折腰。

我不是英雄，却也在"竞折腰"的向往中，去陕北探源安塞腰鼓。

那个在张艺谋《黄土地》电影镜头中，在国庆、亚运会盛典上震撼世界的东方腰鼓，不断敲击着我的心。

我确信，鼓的声音就是一种召唤。

出发前，查阅了大量资料，才知道鼓是全世界最为人们熟知的乐器。非洲人将鼓声比喻为母亲的心跳，鼓语能代替不便用语言表达的讯息；东方的鼓历来包容着鼓舞和疗愈的双重意义。

鼓身，是树木、牛皮的相合；鼓舞，则是人与自然的相知。西汉扬雄《法言·先知》中说："鼓舞万物者，雷风乎！鼓舞万民者，号令乎！"我想，无论是天的鼓，还是人的鼓，都是力量的劲舞。

鼓在人类的发展史上，从未缺席。从烽火年代的战鼓神话，到传统信仰的日常礼仪；从革命时期的胜利腰鼓，到当今演艺的致富腰鼓，鼓一路锵锵走来，携着热腾腾的历史烟尘，回响着阳刚的中国。

年少时，读到唐诗"龙池赐酒敞云屏，羯鼓声高众乐停"，只知道是大唐皇帝李隆基即兴击鼓的场景，并不知羯鼓长什么样。现在才知道，天子击的是从西域传入中原的羯鼓，鼓不在腰部而横于木座上。我在翻阅资料时发现，腰鼓的前身，相传就是这羯鼓。

文武双全的李隆基是击鼓高手，仅他练坏的羯鼓就有四大柜。也许正是鼓乐昂扬了精气神，助他开创了万民福乐的开元盛世。每当那密如雨、急如骤的鼓声凌空而上时，大唐包容的气魄和开拓的精神就传向很远、很远。

宋代也不甘落后，能工巧匠改进鼓形，使之系于腰，战将、百姓尽可随地起舞，龙腾虎跃，一直火烈到今天。民国时有学者统计过，宋代好鼓者，是历朝历代最多的。宋代文人写腰鼓的诗词、安塞出土的宋代腰鼓画像砖，都见证了那个时代虽战事纷乱，但却也充满繁荣与风情。

看来，中国的鼓事，若深究起来，也是半部史书。鼓，让中国更中国。

思绪纷纷中，列车已至黄陵站，出发时车外一眼望不到头的抽穗的麦田，不知何时已变成莽莽高坡。

乘客退去一波，又涌来一波，新上车的乘客大都是陕北口音，无论年老年少，语声一律洪亮如钟。各自安坐后，像蜂归于巢。

我取出包里的书《远方的鼓声》——日本作家村上春树写于20世纪80年代的欧洲游记。印象中他一直以小说闻名，却也在鼓声的召唤下，游走异国，记录感悟，"让自己的重力安顿下来"。

作者解释这本书的名字时写道："取自土耳其旧时民谣。"

我在书里翻找这首民谣的内容，路上的隧道却多起来，刚出一个又进一个，黑暗与白光不时交错变幻，书是看不成了，干脆闭目，酝酿属于自己心灵的鼓声。

当列车钻出一个长长的隧道后，豁然变了风景。麦田消失了，群山众沟，梁峁遍布，无尽绵延。质朴的高原把厚重的身躯、远古的心事跌宕成山、沟、川、壑、湾。

远远望去，仿若一部天然彩书，黄的封皮，绿的插图，红的精神。

忽然，黄绿相间的山峁下，出现一条大河，蚯蚓般缓缓蠕动，细密的黄色水纹，在夕阳下泛着光。百度定位一搜，才知它叫北洛河，黄河的二级支流，古称洛水，是陕西最长的河流，流经陕北尽达八县之多。

这条很长很老的河，定然是听到过鼓声的。

哈，着了魔了，怎么看啥都想到鼓。

收回目光，继续翻书。宿命般地，遇到村上春树这样一段话："鼓声从很远的地方传来，从很远的时间传来，听着听着，我无论如何都要踏上漫长的旅途。"

一字一句，像鼓槌敲打着我的心。跨越时空、国度，完全陌生的人，竟有如此相通的心境！

原来，鼓声，也是一种通向心灵、通向世界的语言。

二

车一下包茂高速,直入安塞城区十字路口,迎面赫然一座大鼓雕塑,红色鼓座上,几个后生正在击鼓挥绸,身躯高低错落,姿势灵动,线条硬朗,气势豪放狂野,悍勇威武。

人有势,鼓有字。细看鼓身,正面写着"陕北新天地",车开过去,另一面则是"鼓舞新时代"。

嘿,不愧是中国腰鼓之乡,一来就让人精神昂扬。

住进安塞鼓乡酒店,是因了这个名字,还有这句让人心动的宣传语:步行三分钟,可到达天下第一"腰鼓山"。

虽近初夏,晚上却拔凉冷洌。边塞之地的风,带着遥远的哨音,在窗外呼天掠地,撼动窗玻璃,试图冲进来。在这中原文化和边塞文化、农耕文化和游牧文化交汇的地方,连风都会弄出鼓声。

安塞城区十字路口的腰鼓雕塑

早上醒来,拉开窗帘,一阵惊喜:房间的窗户,正对着远处的墩山主峰。窗外有山,山上有鼓。主峰上几十米高的红色大腰鼓,像高高擎起的旗帜,又像一个沧桑的老人,深邃而慈祥地注视着山下的子孙。

山因鼓而名,鼓因山而巍。

步行出门,奔腰鼓山而去。

街上的路灯做成了腰鼓状,路边的护栏、花坛,刻着腰鼓,广场的小石凳,干脆就塑成一个个石头腰鼓。路过一家商店,橱窗里展示着一排排腰鼓,以为是售腰鼓的铺子,一看门头,却是饭店。

腰鼓无处不在。

延河边上,三十几个人在排练腰鼓,全是年轻人,小伙舞腰鼓,姑娘穿插扭秧歌。一问才知,这群人是保险公司的员工,准备赴上海表演。戴鸭舌帽、穿迷彩裤的教练告诉我,队形和动作都是精心设计的,传统元素里融进时尚感,属于"花式腰鼓"。

走一路看一路。我发现,墩山主峰上的大腰鼓,高高耸立,任你在安塞的哪条街、哪个方向,都可以看到,像图腾一样存在着。

决定来安塞采访前,原文化厅领导、安塞腰鼓庆祖国六十华诞天安门表演的组织者蒋惠莉老师热情相帮,她回忆当年的情况时说:要组织千余人进京,想着得在延安好几个县调人,结果安塞政府领导说在本地找千名鼓手没问题,为组织工作减少了不少难度。

看来,"上至九十九,下到刚会走,人人打腰鼓"还真不是虚传。安塞的神和魂,尽在这腰鼓雄风中。

沿着满是剪纸壁画的坡道,走上墩山,视野豁然开朗,天高地阔。远处,半山上的一排窑洞,如大山的腰带,又似一双双脉脉的眼睛,含情凝望巍巍腰鼓。

几个推着童车遛娃的人,连同庞然的鼓身一起,镶入游客的镜头。我停步仰望,鼓身上一行行梅花状的玻璃窗,像一串串时间的脚印,静默着"上郡咽喉,北门锁钥"的铁马兵戈之争。曾经的刀光剑影,战鼓擂动,被时间长河一点点淘洗,曾经的恨和怒,变成了今日的喜和庆。

显然,山上这巨型腰鼓,已不是为声音而生了。它把自己的前世今生,塑成巍峨的精神之塔,满是东方气象。

山腰平缓处,遇见一个拎着行李的老人,独自在转悠,我便走过去拉话。原来老人一直在青海照看小孙子,刚下车,就到腰鼓山上来转。柔和的阳光照着他黑里泛红的脸,质朴的笑容漾着回归黄土地的安稳和踏实。

我问他会打腰鼓不,"老打法会,现在的新腰鼓表演要编排队形,讲究齐整,不好打。也老了,不比后生"。老人摇着头,露出遗憾的表情。

他抬起手,指着高高的腰鼓楼告诉我,再上百米就到了,鼓底有门,可以登上去,看安塞城区的全景。

登上台阶,发现腰鼓楼的门挂着锁,拒绝我步入它的肚内。无妨,就让它继续像山神一样神秘吧。此刻,阳光耀目,四寂无声,仿佛有意让我与这天下第一鼓对对话。手抚鼓身,转了一圈。登与不登,它都在这里。它在,灵魂就在。

腰鼓山

站在大鼓广场围栏前俯瞰,延水河像一条土黄色卧龙,环绕着鳞次栉比的高楼、屋舍缓缓游动。宽广的公园、操场,像一面面大饼,而远处的山峁,则如低头拱背的雄狮。山、水、粮之殷实,龙狮之气象,护佑着边塞之地的富足与安定。

而冲天耸立的腰鼓,无疑是这方水土的定山神针。

三

一舞千年。

这个舞,正是腰鼓之舞。这个人,正在一块宋代画像砖上,静静舞动。

一面密封的玻璃,阻隔了他击鼓的声响和热腾腾的气息。我毫不怀疑,这块砖因他,成了安塞博物馆的镇馆之宝。

俯身细看,画像砖上的彩绘斑驳脱落,已看不清他的表情,但造型完整清楚。工匠将舞者雕刻在砖正中的椭圆形龛内,身挎腰鼓,左手高高扬起,右臂后摆,后腿腾空,脸部向后回首,正在跳跃击鼓。臂上飘扬的彩带、脚腕鼓起的灯笼裤,风动神州。

宋代腰鼓画像砖,出土于安塞区招安镇岳中庄村

旁有说明文字:"宋代,安塞招安镇岳中庄村出土。"他在地下跃动千年,才重见天日,这一刻,我仿佛听到他一声高吼:"祖师爷在此,徒子徒孙们,好好给咱打!"

不知这位宋代的祖师爷,见没见过当时的大诗人苏轼,想必苏轼那句"腰鼓百面如春雷,打彻凉州花自开"的诗里,就有他的鼓声。无论如何,大诗人用文字留下了鼓声,"祖师爷"用动作定格了鼓舞,还有那位压根儿就没留下姓名的刻砖工匠,都是有大功之人。

展馆游客稀少,我能听见自己的脚步和呼吸声。壁顶的灯光似乎更亮了,举着手机自带的放大镜凑近玻璃,画像砖的每一个细节纤毫毕现。此刻,我和千年舞者离得这么近,却又那么远。

任是谁,与这穿越千年仍欢舞的人相对,都会不屑于那些枯干的兵刃、催征的战鼓。

陪伴这块镇馆画像砖的,还有从民间征集而来的清代、民国、新中国的腰鼓。已然老朽的它们,历经了千万次的击打,终于让斑驳之躯,静静地休憩在此,诉说着主人的故事和曾经激昂的表演生涯。

我久久注视着其中一件直桶状腰鼓,民国时期制造,鼓身直接就是一方树身,树皮上有一个疤洞,蒙着牛皮的鼓面上,还有几处黄色的残毛。

不难想象,它出自田间地头,简陋、原始,但却用大自然的坚韧与爆发彰显着永恒的生命力量。

目光触到墙上的一行文字:"安塞腰鼓,民族之魂;安塞剪纸,群芳母亲;安塞信天游,黄土天籁……"这样的文化名片,足以让我陶醉。特意放慢脚步,静静看,细细赏,一件一件,一幅一幅,哪一个都不想错过。

想起昨晚夜访原延安市文化和旅游局干部李刚时,对全市民间艺术了如指掌的他,最后总结:"陕北文化在安塞。"

安塞博物馆巨鼓

"会打腰鼓的地方很多,唯安塞腰鼓走向了世界,就连唱民歌的王二妮,当年也是从安塞走到全国的。"

李刚亲历了安塞腰鼓走向天安门、庆贺新中国六十周年华诞的组织工作。他对安塞腰鼓的偏爱、对安塞文化的了解,不只在语言的表述中,说得兴起时,还会离开椅子,在房间示范几下。

他说的话,在博物馆里得到了验证。

安塞腰鼓在世界文化之林占有一席之地,博物馆里自然有它的一席之地。这是一方视觉冲击强烈的空间,中间雄踞一面红色巨鼓,两边展示着腰鼓的表演场景:一边是黄土腾腾的狂飙,一边是天安门国庆表演的千人巨阵。强光打在上面,红绸白褂的画面分外明媚,右看龙腾虎跃,左观排山倒海。

眼前的"狂飙",不由让我想起作家刘成章精彩的描写——

一捶起来就发狠了,忘情了,没命了!百十个斜背响鼓的后生,如百十块被强震不断击起的石头,狂舞在你的面前。骤雨一样,是急促的鼓点;旋风一样,是飞扬的流苏;乱蛙一样,是蹦跳的脚步;火花一样,是闪射的瞳仁;斗虎一样,是强健的风姿。

事实上,此刻耳边只有电流的声音。极静中观大动,延展了想象,悠远了时空,竟别有意趣。

走近巨鼓,上面竟有题词,只见正中四个威武大字:鼓振天下。下一行:安塞人民,气壮山河。落款是著名黄土画派创始人刘文西。这个热爱陕北,把毕生精力投入黄土画作的大师,对淳朴坚韧的陕北人民怀有很深的情感,数次来安塞采风,慨叹腰鼓雄风,画下名作《安塞腰鼓》。

画是有形的黄土深情,鼓是有声的黄土呐喊。当大画家遇鼓达人,两相欣喜两相知。自然要挥毫泼墨,淋漓豪情,那一横一竖、一撇一捺,无不起伏着大师心中的振奋和激动。

我在这种振奋和激动中决定循着大师当年的脚步,奔赴他采风的安塞腰鼓文化村冯家营,看一场腰鼓人的"狂飙"。

走出博物馆大门,正午的阳光正烈,宽阔的文化广场一片明媚。站在台阶上举目遥望,远处的腰鼓山和身后的政府大楼、文化大楼脉脉对视,相看两情深。想起安塞区掌舵人任书记对媒体说的几句话,"文化输出,旅游导入""让群众实现生活在城镇,产业在农村,致富在旅游和文化"。

想必,这样的理念,对面的腰鼓山是欣慰的,街上的行人是爱听的,乡里的村民是欢喜的。

来安塞前,有朋友劝我:别凑热闹了,张艺谋的电影《黄土地》、刘成章的文章《安塞腰鼓》，都太经典了，再难突破，而且又要跑那么远，不妨换一个近点的、好写的。

我还是固执地向鼓乡而来，"背鼓寻锤——自讨打"。

但，走出安塞博物馆的这一刻，竟发现自己还是第一次系统感知陕北黄土文化，这浓郁的风情和厚重的韵味，足以慰藉劳顿和挑战。

正应了另一句歇后语：鼓槌打石榴——敲到点子上了。

声动冯家营

一

"千人腰鼓文化村",名叫冯家营,古时边关要塞上,一个营队驻兵的地方。

去冯家营村之前,我在宾馆前台打问路线,服务员说,冯家营紧挨城区,打出租不划算,3路公交直达,站点很密,上车15分钟就到。

第二天早饭后,我从宾馆步行到安塞医院门前,很快就等到3路车。上车才发现,竟不刷微信和支付宝,久不使用现金的我,顿时傻眼了。不用翻包和口袋,也知道自己身无分文。准备弃车而下的当儿,靠近车门一个戴眼镜的小伙子向我招招手,举着一块钱,直接塞进了投币箱。

"你是外地人吧,来看腰鼓?"他准确地猜到我的目的。

我连连点头,举起手机要加他微信还车费,他却摆摆手:我到了,欢迎多来我们安塞!

看着他的背影,对冯家营村的期待,又多了几分。

出了城区,车行在正施工的206省道上,路边不时有挖掘机伸着长臂,掘山刨土。尽管路面洒了水,依然黄尘飞扬。顺着路上的临时铺设,车辆不时绕道,颠簸而缓慢地走着。

车上人很多，几乎每个人脚下都放着购物收获，一眼望过去，大葱、豆芽、香蕉、甜瓜，满满的人间烟火气。邻座一位50多岁的妇女蛇皮袋敞着口，里面是黄白色粉末。"买的米粉，回家做酒呢。"见我低头探看，她主动告诉我。

不久，上来两个10岁左右的孩子，女孩倚着扶手，手里紧抓一本二年级《朗朗阅读周周练》，大红封皮白标题，很是醒目。男孩一手举奥特曼的游戏卡片，一手扶着椅背。

看看表，才是上午8点多，这些勤快的老少，已进城采买好各自所需，返程回家。3路公交像一条船，每天准时摆渡，从村到城，从城到村。城村的距离，越走越近。

车辆一路颠簸，却不时有人主动让座，无须司机按喇叭提醒。看来，文明来自教导，更来自内心的朴实。

无论陌生的相帮，还是熟悉的互助，在黄土高坡与延水河边，如此自然，仿佛与生俱来。

我想，正是淳朴民风，让陕北文化艺术具有了鲜明的标识。

记得十年前去扬州开会，逛完个园后，记不清回宾馆的方向，向一个40岁左右的妇女问路，她热情指引后，问：

"你们从哪里来？"

"陕西。"

"陕西人也这么时尚？不是都头扎白毛巾，身穿黑褂子吗？"

这话，让我和同行的会友笑了一路。

现在想来，那个扬州妇女印象中的陕西，应该就是陕北人的形象，准确地说，是陕北腰鼓人的形象。一个不常出远门的妇女，固执地以影视中的腰鼓手形象，代替了整个陕西。

不过，这让我从一个外地人身上感知到安塞腰鼓影响力之大，在中国，妇孺皆知。

冯家营村,是不是固守着这样的形象呢?

二

把每一道山川点燃,让每一个灵魂鼎沸。

占地60亩的冯家营"千人腰鼓文化村",正在舞起这样的激情和自信。

王队长在电话里对我说:"看到大土坡没有,我们修的那片土坡,就是专门让游客观赏山地腰鼓的实景表演区,你在路边就能看到。还有民俗文化展示馆、培训区,齐整整的窑洞,好找得很。"

王队长这会不在村里,今天也没有腰鼓表演,但一进村的腰鼓气势,还是震住了我。

"鼓乡"两字的门楼虽不高大,但透过门洞,一眼看到一面"中国·安塞"字样的大鼓巍然矗立,鼓的后面,有一排新修的窑洞民俗馆,再高处,是挂着白门帘的村民的生活窑。大鼓、高低错落的窑洞,恰巧嵌在山的最高峰、最正中。近镜、中景、远景,层次分明,很自然营造出腰鼓村的丰富感。

山上一簇簇的树,像一面面招展的绿旗,也像一个个昂首的卫士。

风水、风情、风景,只

冯家营村

一眼,便动心。

腰鼓表演区设计更是精心,对面是山,背后是山。观众看鼓手从山上倾泻而下,鼓手看观众傍山而坐。

远看,半弧形的观众台绕着高高的腰鼓表演高坡,像山与河的环绕。

看台与舞台

我顺着坡道登上表演的大土坡,发现至高点是平的。坡度上到至高点后,便向两侧蔓延,黄色山土上铺着绿色的彩沙。脚一蹭,沙尘就飞扬起来。

此刻,千人演出场地空无一人,我成了一个移动的小黑点。风摇摆着高处不锈钢链条,碰到灯光脚手架上,"哐当哐当"作响,且越响越急,似乎在模仿锵锵的锣鼓声。

太阳热烈,风势却越来越猛,漫卷着路上施工的尘沙,一缕缕扬起,鞋上、手机屏上全落了土。路上的清洁工人,一手推着垃圾箱,一手捂住草帽,急急快走。我抿住嘴巴,紧了紧帽子的防风绳,取出太阳镜戴上。

腰鼓之乡,风都是有雄姿的。

一个穿迷彩服的后生走上坡台,手里提着一个黑家伙。我这才发现,后山上、舞台四周、看台最后方,全是这种黑家伙——射灯。后生边调试灯光边告诉我说:"下周有大型夜间表演,先来检查检查。"

此刻,所有的五彩,全缩在黑壳里,等待某个夜晚,射出绚彩威风,惊动天地,换个人间。

我走下高坡,沿着四周走了一圈。宣传栏的一组组照片上,还原着表演的情景——

只见远远的黄土坡上,顷刻现出上百个腰鼓艺人,沿着山丘一路表演下来,如红白两色的瀑布沿土坡坡面倾斜而下,填满整个土坡。携着黄土高原粗犷狂放的风,气势慑人,恢宏刚猛。

如果要形容那场景,有一个词最得力:过瘾!打得过瘾,看得过瘾。

王队长说的齐整整的窑洞,除过景区大门口那一排,我还找到两处,一处是村委会所在,一处是陕北民俗馆。

村委会前的宣传栏极为丰富,"深耕文化沃土""文旅集成发展,实现脱贫致富""建成集观赏、体验、娱乐、居住、餐馆于一体的文化村"。冯家营村通过土地流转,农区变景区,资源正在变成群众致富的源泉。

"千人腰鼓文化村"2018年起建,我掐指算了算,想必眼前气派的山地表演场,2019年去世的刘文西大师已无缘看到,但这并不影响腰鼓民俗对一个大艺术家产生的心灵撼动。如果老人家能再次来冯家营村采风,看到今天的新貌,指不定又会创作一幅经典的黄土画作,或者再次题笔挥墨,为"鼓振天下"续写下文:声动中华。

若要再追溯起来,冯家营村七十年前就为安塞腰鼓做出了贡献。以村民艾秀山、蔡维杰为代表的民间艺人,早在1951年就走出安塞到北京,向中国青年文工团传授了腰鼓技艺,在布达佩斯举办的世界青年与学生联欢节演出,一举荣获特等奖,使腰鼓扬名海内外。

现在,冯家营腰鼓村已是国家AAA级旅游景区,2020年全国乡村春晚,专门在这里成立了分会场。

我注意到,所有的展板上,全有中英文对照,昭示着小村庄吸引大世界的野心,或者说气魄,而这像腰鼓一样让人振奋。

对村民来说,这些大手笔,也是风。吹来了时代的鼓音,吹来了天南海北的人,吹来了村庄的变样——社会资本进入建设,贫困村民签约演出,腰鼓名片递向全国。村庄有"颜值",村民增收入。

我想到一个词:看点。

不得不承认,在冯家营村,腰鼓雄风、民俗元素,让每一条巷、每一孔窑、每一道坡,都有亮眼的看点。

风还在刮。

窑洞前,几棵断头柳在风中摇摆着头,仿佛一个短发飞扬的女子,婀娜而时尚。远处,沿山的大型实景腰鼓表演基地,则像一个敦实的汉子,袒露着坚实的胸膛,等待着时代的鼓槌,地动天响。

"滴"的一声,手机传来一条信息,一看,陕西省民间文艺家协会

冯家营村里的宣传语

的公众号更新了一条消息,就在昨天,中国民协分党组书记、驻会副主席、秘书长邱运华带队,从北京专程来安塞冯家营村,调研腰鼓传承发展现状。消息最后,调研组给出这样的评价:"安塞腰鼓在传承发展过程中,整体表现出地方政府重视、组织管理规范、硬件设施完善、培养体系科学、产业经营优化等特点,以腰鼓为龙头的民间文化艺术事业产业促进了安塞文旅的有效融合发展,带动了区域文化品牌的提升,彰显了人文安塞的丰厚底蕴……"

这话让人振奋,但对村民来说,也许有些高大上。还是一个接孙子放学回家的老妇说得实在:天天有人来看,天天有表演,就好了。

午后,静静的演出坡道上,来了一群七八岁的孩子,身背腰鼓,头扎白羊肚毛巾,正在教练的口令下比画动作。小脸上满是兴奋、好奇。稚嫩的鼓声,挥舞的红绸,搅醒了寂静的看台。

两辆标着"延安安塞"字样的橘红色大巴车,静静地泊在停车区,

作者和冯家营村民拉话

昭告着这群孩子的来处。

到延安朝圣,来安塞看腰鼓,红色文化,黄土劲舞,两两相映,无疑是安塞的区位和文化优势。如何把更多的圣地游客引流、导入冯家营村,擂响这方天地,带火这个村营,还得动脑筋想办法,探寻引爆点。

我期待,游客如织的时候,无论哪天来,都能看到腰鼓表演,吹高原的风,赏腰鼓的雄风。

三

简直是天意。

当身旁的后生一句"我家是冯家营的",我脑子里一下迸出意外之喜。方才等车时,望眼欲穿的焦心,瞬间平复。在冯家营村委会保安室给杯子续了三次水,才在路口等到这趟去延安市区的班车,原来是等来了一场随车"聊访"。

心中窃喜。

后生叫王艳军,1984年生于冯家营村,在安塞的延长石油工作。口罩捂了大半个脸,我看不全他,他也认不全我,但并不妨碍语言交流。

王艳军:"上至九十九,下至刚会走,都会打腰鼓,这话早年时有些夸张,都是沿门子时大人打的,我们跟着看热闹,但后来腰鼓进了小学课堂,真是人人都会打。

"我小学在村子附近的店坊滩小学,体育课就是打腰鼓,逢年过节更要打腰鼓,氛围很浓。不会打腰鼓,出门都不好意思说自己是安塞人。

"胡锦涛总书记2008年来安塞,我爸现场给他表演过腰鼓。现在他60多了,身体不好,很少打了。我弟在建国六十周年时,上北京参加了大阅兵庆演,一天补助100元,全家都很高兴。"

我问:"那你也算腰鼓世家了,现在还打不?"

王艳军:"工作后,没时间打了,但底子好,功夫在,一遇到大型活动,稍微训练几天就可以上场。"

我问:"村里人都爱打鼓吧?"

王艳军:"爱,但也干别的,有演出就演,没演出就打零工。"

我问:"还种地不?"

王艳军:"原来有地,村里人种枣树,现在都流转成腰鼓演艺场。我家的地租给了驾校。"

说话间,车经过一个临时改并的弯道,本就坑坑洼洼的路又现出几处大坑。重重颠簸几下,车身才平稳下来。司机大概还没喘过气,对面来车了,又颠簸着靠边让道。几辆轿车让过后,才在漫天黄土里缓缓蠕动。

照这速度,6点到延安市区,怕是来不及了。我伸长脖子,焦急探看前方的路况。王艳军告诉我,这趟车是慢车,又逢修路,到延安市区得50分钟。坐高速车的话,不到半小时。

刚才在冯家营村采访完,才想起延安市里的朋友邀我今晚参加木兰书院活动。村民告诉我,去延安市区的班车就从门口过。没详细问是快车慢车,只图方便,没想到时间差这么大。

给朋友发了晚些到的信息,心安了些,继续聊天。

我问王艳军:你今天为啥坐这趟慢速车?

丈母娘让我捎东西,慢速车刚好路过她家门口。

果然,车在一处乡村路口停站时,有人从窗外塞给他一个大塑料袋。我一看,绿绿的苜蓿,嫩嫩的榆钱,还有黄黄的小米,把袋子撑得满满的。

不用问,王艳军的小家,是幸福的。现在,他过着两地生活的日子,安塞上班,延安市区里生活,每天坐单位班车来回穿梭,日子规律而平静。他的父母，不打腰鼓后，在延安城里给他看孩子，支撑着大后方。

在安塞，像王艳军这样会打腰鼓的上班族很多，可能因为是一个石油人吧，王艳军认为，安塞的发展和影响力，主要靠两张名片：一张石油，一张腰鼓。

我一想有道理，一个硬实力，一个软实力，不正是一双腾飞的翅膀么。

车终于到了延安大学站，我到了，王艳军还要再坐一站。

走下车，我向着车窗挥挥手，萍水相逢，可能再也不见。但王艳军和他的冯家营村，却留在了我的心里。

制鼓师

对,就叫制鼓师。

用这个叫法来称呼乡村手工制鼓人王永军,未免太洋气。但又和洋气、文明起来的陕北农村挺相配。

王永军是冯家营村常上镜头的名人之一,不同的是,他不是打鼓名人,而是以二十多年坚持手工制鼓出名的。来之前,我就在网上看到他许多的视频和照片。

不同于腰鼓表演时的那种地动山摇,气势恢宏;制作,是一种寂寞的营生。尤其在机器腰鼓批量生产的冲击下,手工制鼓更需要坚守和耐心。王永军,无疑是一个执着的坚守者。他的坚守,使冯家营腰鼓文化村从制作、表演、培训到吸客,形成了完整的产业链。

冯家营民俗展馆的橱窗前,贴着制鼓师的联系电话。特意对了一下号码,正是王永军的。打过去,却无人接听。兀自向远处几排晾晒着衣物的窑洞寻去。走到街口,向一位头发花白、昂首挺胸的老者打听,因为他热心带路,使得我顺利地到了王永军的家。

一进院子,一个直径一米多的大鼓矗立鼓架上,宣告着自己的诞生。红漆油亮,鼓面坚实,连鼓环都装好了,正在接受阳光和风的最后塑造。

王永军的大鼓与唢呐

"安塞腰鼓加工厂"木牌的屋旁,许多带弧度的原色鼓叶,整齐地摞在墙边。石桌上,散落着炮钉、鼓环、几块牛皮,还有半盆白色的胶,我一摸,刷子还湿润着,看来,主人刚刚离开。

王永军在接受媒体采访时曾介绍过,手工制鼓工序复杂,从开始到完工需要备料、方木、锯片、粘胶、打磨、抛光、刷漆、蒙皮、钉鼓环、钉炮钉等十几道工序,而要保证鼓的音质清脆、结实耐用,难点就在鼓圈的定型,要严丝合缝。

院中这一架大鼓,无论弧度、漆色、皮面,正是这些工序的完美呈现。

王永军回来了,院里拴着的金毛犬不再冲着我狂叫。

相对于扛着"长枪短炮"、事先打招呼的媒体,我的无约自到是个意外,王永军显然毫无准备,没理发刮胡子,没穿那件中式上衣,随意的圆领线衫上,套了件马甲,而且中午在县城喝了酒。但,并不影响一个手艺人对自己作品的如数家珍。

王永军专门留出两个房间收藏各个时代的腰鼓,从五十年前的老腰鼓,到现在流行的生肖腰鼓,在这里都能看到。直桶状、扁状、椭圆状,原色、清漆、红漆,成人腰鼓、幼儿腰鼓,拨浪鼓、小堂鼓、喇叭鼓,无画鼓、绘画鼓,等等,俨然一个小型的腰鼓博物馆。

他一一给我介绍。虽然带着酒后微醺,思维却十分清晰。

许多鼓身上,印着"安塞腰鼓"的黄色汉字,还标有同色的一行英文,"Ansai Waist Drum(安塞腰鼓)",他指着英文告诉我,"县委任书记特别指示,要印上英文,安塞腰鼓要走向世界"。

1969年出生的王永军,祖籍榆林横山,祖上在20世纪30年代迁居安塞,父亲是做石活儿的工匠。制鼓以前,王永军主要靠在红白喜事中以吹唢呐谋生。1996年,受安塞制鼓人徐振爱的启蒙和教授,开始做起了腰鼓。他认为,很多横山人迁到安塞,使"安塞腰鼓与横山腰鼓互帮互学"。

王永军展示他收藏的腰鼓

腰鼓展室来了一个小朋友

大凡匠人,也是犟人。

手工制鼓慢而复杂,20世纪五六十年代,只要是打腰鼓的村民,几乎都会利用树身和牛皮制作简陋的腰鼓,但随着制鼓技艺的精进,对鼓的美观的要求越来越高,做腰鼓工序越来越复杂,坚持的人也随之越来越少,唯独王永军不但坚持了下来,而且还自有一套严苛的质量标准。他多选当地正宗的旱牛皮和质轻声脆的杨柳木,偶尔尝试用南方水牛皮,做出的鼓必须达到两亮:音色亮,雄浑清脆;颜色亮,耐打不掉漆。

他总结出了窍门:选料要好,用好牛皮和好油漆;鼓板要合严实,鼓圈刷腻子要薄,牛皮的拉伸强度得反复调试;鼓环也不能马虎,要加固;钉炮钉时,疏密要均匀。

我想起昨天见到的腰鼓总教头刘占明,他打了四十年腰鼓,对选腰鼓很挑剔，要"音质好，还得手感好，轻重合适"，他告诉我，他用的就是王永军做的腰鼓。

鼓的生命就是声音。

手工制作的每一张鼓，声音都不一样，就像每一个人，模样性情各异。那是工业流水线无法造就的。鼓由手生，鼓也由心生，大凡与天地、心灵有关，就具有了神性和灵性。

我不确定，王永军做的鼓有无神性，但灵性无处不在。天然相和了黄土地的呐喊，吼出主人的心跳和心愿。

我特意不用鼓槌，抬起手挨个拍打，切肤感受鼓木的元气、鼓面的弹滑坚实，咚——咚，嘭——嘭！用力一样，音量音色却随鼓而发，随位而变，时而清脆，时而雄浑。

王永军的耳朵，分辨能力更强，他不用看，就知道我敲的是哪张鼓，敲的是鼓中间还是鼓边沿。

金毛大狗趴在地上，丝毫不慌张，它听惯了鼓声，大概也懂鼓声。

黄昏的凉气渐渐漫上来，王永军和婆姨将院子里完工的大鼓抬进房间。婆姨身材高大、健壮，有着陕北女人的吃苦耐劳，是王永军的好帮手。

王永军最得意的徒弟是他的大儿子王涛，现在已经出师，被认定为安塞腰鼓第五代传承人。他今天去延安城里送货了，未曾谋面，我对这位后生充满好感。我认定，静心手工、匠心制作之人，都有好品质。

喜爱民俗文艺的小儿子王震，还在西安的高校学习。也许是遗传了父亲的艺术细胞，他除了腰鼓，还喜爱剪纸、农民画。在父亲制好的腰鼓上，他画上了憨拙、可爱的十二生肖，融入剪纸和农民画元素的画风，平添了"赏"的功能。

十二生肖腰鼓的创意，吉祥、新颖、美观，成了亮眼的卖点。除了学校、部队、腰鼓队的群体客户，一些打鼓高手，慕名前来订制。

夫妻制鼓，孩子传承、创新。鼓，让全家互学互帮，和谐共振。

我注意到，一间窑洞的窗户上，是小儿子王震的剪纸画，画旁边是他用毛笔书写的春联：

　　一鼓作气舞中华
　　两锤定音震乾坤

工整的楷体，运笔略显拘谨，间架结构还显稚嫩，但那一笔一画，像春天的树芽，一派绿意。

这是一个充满希望的门庭。

做腰鼓之余，吹唢呐也是王永军的绝活。谈得兴起，他取出珍藏的唢呐，在院中现场表演。吹起陕北的老酸曲：女娃要汉，酸不溜溜的甜，甜不溜溜的酸。

王永军即兴吹奏唢呐

坐在小板凳上的他，鼓着腮帮，脖子青筋微微暴起，扎着红绸的唢呐微微上扬，胸腔呼出浑厚的气息，顷刻间，耳边响起熟悉的乐曲，时而悠扬、婉转，时而高亢、低怨。

一个制鼓人的心灵诉说，一个唢呐手的情感狂飙。

王永军的婆姨走过来，在旁边拍起了鼓。唢呐声、鼓声激荡在院子里，又随着风，越过窑洞，漫过田野，飘向远处起伏的山峁。

村庄、岁月、黄土、沟壑，都在倾听。

万绿丛中一点红

腰鼓红颜

认识女鼓手薛丽娜，是安塞走访的意外收获。

第一眼见她，高个、长腿，挺拔如杨，一颦一笑朗声朗气，又端庄秀丽。在文友米宏涛的介绍下，我才知她是安塞区文联副主席，第一个走出陕西教授腰鼓的女子。

在我的印象中，腰鼓舞悍勇刚猛，龙腾虎跃，集武术、体操、打击乐等硬朗的动作于一体，是"猛男"专属，而非纤纤女子容易练就的，更何况达到教练级水平。显然，薛丽娜是一个例外。

这个例外，吊起了我的胃口。而善解人意的她，在我走之前，满足了我的胃口——邀请我参加延安的木兰书院晚会，她将和刘占明老师表演双人腰鼓。现场观看安塞腰鼓赫赫有名的教练表演，自然不能错过。

赶到现场，才知道，这场联谊会是木兰书院演给前来参观红色文化、做公益的外地宾客，国家一级作曲家、陕西民歌研究专家王建民老师也在座，氛围浓重而活泼。薛丽娜已换好红色表演服，头发扎成两个小马尾，欢声朗朗。

开场节目，就是薛丽娜和刘占明的安塞腰鼓。两个教练级的鼓手随

薛丽娜与刘占明切磋腰鼓动作

着鼓乐奔上舞台,瞬间和平日换了模样,经典的十字步欢腾开场,随即前后、左右变化,时而相对,时而相背,时而跃腾猛捶,时而贴鼓轻抚,挪腾跳跃间,两人的眉眼、表情、动作,默契呼应。

薛丽娜摇头晃肩,形神兼具,和谐舒展,完全融入音律,蛮狠中有细腻,干练中有潇洒,打得英姿飒爽,天地动情。刘占明一脸豪气,一招一式雄健刚劲,踢腿挥槌虎虎生风,身体里的惊涛骇浪全化于腾跃与呐喊。

男人的粗犷,女人的娇娜,演绎着生活,又似在点拨着生命。渐渐地,眼前仿若两团燃烧的火焰,在跳跃,在律动,在随风呼啸。

那一刻,我完全忘记了上打、下打、缠腰打、过裆打这些所谓的技法,完全沉醉于腰鼓舞蹈之中。我想他们亦如是。

虽然没有大鼓、大镲、铜锣、唢呐的现场伴奏,没有上百人的雄浑气势,没有大舞台大场景,但原生态的、素朴的喜庆、热烈、亢奋,叩击着我的心扉。

事后才知道,这五分多钟的精彩联袂,薛丽娜和刘教练只是口头商定动作,晚会前简单对练了一下,就在我眼中成就了这等精彩。

我为自己看到这场演出而庆幸,也为现场的嘉宾庆幸,客人也许还不知道,小小的联谊会,表演的却是顶尖级鼓手。

我真切感受到一个腰鼓美女教练的范儿:"外在有形象,内在有力量。"

刷朋友圈，才发现薛丽娜爱好广泛，工作之外，腰鼓、剪纸、徒步、厨艺、文学……活力满满，多才多艺，日子过得奔放热烈。看到她发表的一首诗：

纵使被雪花掩埋，也能听到大地心跳，听到远古的鼓声，听到万物复苏的乐章……

看来，雪的静美，鼓的声动，给了她地气、美气、大气。她的心和着天籁妙音，在雪地里开出了心花，在尘埃里开出了鼓花。

腰鼓红颜，铿锵绽放。

想起《诗经·关雎》里的一句："窈窕淑女，钟鼓乐之。"不管是别人乐她，还是她乐别人，薛丽娜让我认识到，鼓的舞，其实是心的歌。

从"12345"到"哆来咪发唆"

薛丽娜不但腰鼓打得好，还很健谈，语速快，话语伶俐俏皮，属于肢体表达和语言表达双强的女子。

她在朋友圈写道："用虔诚的追求和真诚的信仰去朝拜生命的价值。不求璀璨，只求发光。"我想，也许正是这虔诚、真诚，让她热情满满，光芒灿灿。接触到她的人，不由自主地被照亮、被明媚。

人常说"梅花香自苦寒来"，1975年出生的薛丽娜，成长中自然免不了苦和寒。这束雪中红梅，凭着自身的努力考上师范学校，从此跳出农门，走上小学讲台，走向腰鼓舞台。

从讲台到舞台，被她戏称为："从'1234567'到'哆来咪发唆拉西'。"

在木兰书院表演腰鼓双人舞的那个晚上,卸完妆的薛丽娜开着车,把我们从延安市区拉回安塞。夜色已深,路上车辆稀少,灯光闪烁如星,晚会的兴奋一直在车里萦绕。我们的话题伴着明明灭灭的夜色。她自如地操控着方向盘,讲起了自己的故事——

> 我师范毕业的时候18岁,走上讲台,才发现学生比我小不了几岁,个子又比我高,尽管学生对我特别尊重,但我心里有点怕。那时候(20世纪90年代初)师范毕业生相对比较紧俏,学校分配我教一年级数学,还有全校音乐。常常上一节还是"12345",下一节课张嘴就唱"哆来咪发唆"。
>
> 刚参加工作两个月,学校组织全乡的老师来听我讲课。除了十几个学生配合我讲课,教室里满满都是老师,你可以想象那个阵势有多大。
>
> 我害怕得声音发抖,说话也没力气,感觉声音都出不来,没有办法,我就背过身先在黑板上写,但手也发抖,写不上去字,眼睛里噙着泪,差点要哭出声来。就在这时候,有个学生比我怕得还厉害,结果她先哭了。我听见哭声就下去安慰她,安慰她的时候把自己也调整好了,然后我才把那节课完成了。经历了这样一个个大场面,胆量一点点被练出来,慢慢才不怯场了。

"如果不是数学课而是音乐课,你不会有这样害怕吧?"我问。

薛丽娜:"跟教啥课没关系,跟第一次上大场子有关系,就是怯场。"

我问:"你才刚工作,乡上为啥给你那么大的一个压力?"

薛丽娜："因为我教了数学课后，招安乡教委感觉我教数学的方法比较新颖，可借鉴，就向全乡推广，组织全乡教师来听。"

我问："哇，原来你的优秀，刚一露头就被发现了。"

薛丽娜："我一直没觉得我优秀，只是干自己该干的事。"

优秀的人，走到哪里都幸运。发光的薛丽娜，在幸运的路上一步步走着。在招安乡小学教了一年学后，安塞职业中学成立了一个艺术班，那时候当地还没有受过专门培养的音乐老师，师范学校毕业生就算比较专业的，教育局就把薛丽娜调过去了，带艺术班，当了几届班主任。后来调整到安塞第二小学当小学音乐老师，那是一个新成立的学校，她一进去就在学校成立了鼓号队、合唱队、舞蹈队。2004年工作变动，薛丽娜调到县财政局，转型财政工作十余年，直到2021年春节后来到文联，现在还不到两月时间。

"方方面面正在熟悉，不过挺喜欢文联这边，更符合我的特长吧，我干的是自己喜欢的事。鼓一响，就来神、来劲。"

尽管我坐在车后排，只能看到薛丽娜握着方向盘的背影，但能感到她的语气与表情，飞扬着奔放与热情。她随意聊着自己走过的道路，经历的心路，坦诚、坦荡、坦率。窗外，月光澄澈，夜风吹来月季花的沁香，轻拂着我的脸，也馨香了我的心。

兵蛋蛋的女教练

安塞腰鼓作为黄土地的文化符号，自带流量。游客来安塞，八成是奔着安塞腰鼓的声名。但腰鼓表演商业化后，有演员就觉得表演不过是给游客做做动作，走走过场。薛丽娜看到后很难过。此刻，她一边开车，一边和刘占明老师就这个现象，讨论起来。

薛丽娜："我当时看到心里就可难受可愤怒。演员连最起码的架子都没搭起来,整个身体都是松的。打得太油了,对艺术不严谨、不敬畏。要是我管,早就把他们纠正了。"

刘占明:"是呀,那些人打腰鼓,糟蹋腰鼓。"

薛丽娜:"他们天天就那样,干烦了,不认真了,今天不认真一点,明天再不认真一点,一点点积下来,就成了现在这样子。"

刘占明:"就是,今晚咱俩个人的表演,虽然没有大舞台、大气势,但一上场,精神面貌都很好,哪怕面对一个观众,都要好好打。"

薛丽娜:"我出去训练腰鼓的时候,先训练站姿,站都站不好,还打什么腰鼓。啥时候把站姿练好了,再开始练腰鼓。"

……………

两个教练,年龄不同,性别不同,经历不同,对腰鼓艺术,却秉持着同样的敬畏之心,有着同样的见解和守卫。

薛丽娜作为女性腰鼓教练,自然比男教练经受的考验和质疑多,但她天生有艺术天赋,加之科班出身,训练有素,积累丰厚,思维灵活,一次次赢得信任——

我在酒泉卫星发射中心训练过战士打腰鼓。刚开始部队见只有我一个女同志过来训练,担心我拿不下来,训练不好,影响在比赛中拿第一的目标。为此专门开了个会,讨论怎么办,最后认为人都请过来了,再换也来不及了。既然她敢来,就敢担。于是决定让我先写腰鼓培训方案和计划。后来看到方案还比较满意,才定了召开动员大会的时间。

我去的时候只拿了两件衣服,一件黑色长棉衣,一件短款小红袄。开动员会的时候,我就斟酌着,要在主席台上坐,还要发言,穿长棉衣有点太随意了,穿红棉袄显得精神一点。发言的时候,我没有写讲话稿,就从安塞腰鼓的起源与发展讲起，将安塞腰鼓参加过国内外哪些大型表演都说了一遍，然后我把在训练期间，战士们要注意的事项强调了一下。

会结束后参谋说："哎呀，薛教练，看你讲话都没写稿子，我开始还为你担心，这么严肃的一个会议，如果你说得结结巴巴的，会议就不严肃了，而且影响你下一步的训练，没想到说得流利得体。而且，今天你穿这件红棉袄，真是万绿丛中一点红呀。"

参谋不说这些，我一点都没有意识到，红棉衣在全场绿军装的衬托下，成了万绿丛中一点红。至于发言，我是有底气的，之前给他们写过训练计划，比较熟悉内容，况且我对腰鼓的历史、发展也很了解，所以没有想那么多，就上台了。

训练正是严寒的冬天，温度比较低，战士们都穿着厚棉衣，戴着厚帽子，部队给我也准备了一套。但穿着棉衣训练，身体的灵活度、动作的精准度都受影响。于是我下令，腰鼓训练时不许穿厚棉衣。从我做起，训练时我就只穿一件毛衣，外加一件运动服，兵娃娃们也自然不好意思穿棉衣。

每次训练前，我先整队，把帽子卸了放在一边，精神先抖擞起来，然后才开始训练。头天教动作，一个连队一个连队过，练不到位不许停。过了我的关，才可以休息。第二天就到礼堂里拉队评比，营长、连长一个站前面，一个站侧面，营造热烈的竞争气氛。大家都想争口气，苦练加狠练。我的精神也很足，一个连队一个连队过，一个连队学的时候，别的连队还可以休息，但我一刻也不休息。过了段时间营长来找我，有些不好意思地说：薛教练，卫生院最近给团部提意见，说这段时间搞什么训练呢，怎么战士看腿伤的这么多？

原来战士们一开始觉得打腰鼓好玩，在没掌握技巧的情况下，争胜心和荣誉感又强，私下里下猛劲蛮劲练习，造成了一些腿部的扭伤。后来我就改变方法，先组织打腰鼓，然后打一会儿篮球，再拉拉歌。以腰鼓为主，穿插一些放松运动，让战士们既紧张又放松，既辛苦又充实。训练结束后，战士们都舍不得我走，说："薛教练，你在的这段时间我们是最快乐的。不然每天不是内务就是训练，很枯燥，这段时间又打腰鼓又唱歌，可快乐了。"

我也舍不得这些战士。在我的人生中，这是记忆特别深刻的两个月，我不仅体验了部队的生活，还掌握了和战士们沟通的技巧。有一次我训练时说了一个战士几句，他竟然当场哭了。我很尴尬，不清楚是什么原因。中午吃饭时，就告诉参谋长要求下到这个战士所在的连队吃饭。连长和指导员陪我吃饭时，我就问这个战士的情况，恳切地向他俩请教："是我训练方法不对，还是别的原因，大家有什么反应，你们有什么建议？"连长说："这不怪你，那个战士是今年新来的，本来就不想当兵，加之刚受了处分，情绪不好，恰好你又说他，情绪一下子失控了。"

我了解这些情况后，每次训练时就特别关注他，挖掘他的优点，只要有一点点进步我就表扬他，后来还和我成了朋友。

我刚去的时候，战士们基本都不会打腰鼓，大鼓、大镲这些几乎没接触过，所以，我不仅要教腰鼓，还得教打大鼓、大镲什么的。但我个人的时间和精力有限，我就问营长："你们团有没有乐队？"他说有。我就请营长找两个会打架子鼓的，我就教他们怎么捣大鼓，怎么合大镲，这两人基础好，练几下就大体掌握了节奏和力度，知道该怎么打，然后我说："成了，你们俩配合好，就负责教大镲。"然后我就专心教打腰鼓了。

以柔克刚，以责任回报信任，薛丽娜不但点染了万绿丛中一点红，更是山丹丹开花红艳艳。

静如一潭水，动如一团火。在她的烈度和厚度里，藏着腰鼓的精神和性灵。

我的黄土我的团

一生，一事

有人叫他总教练，有人叫他鼓王。不管怎么叫，他都是安塞腰鼓响当当的人物。

见到这个响当当的鼓王刘占明时，他刚刚从深圳回来。清华大学经济管理学院MBA校友联谊会在深圳市举办，鼓王刘占明被专门邀请去培训安塞腰鼓。他从课程安排上看到，国家"十四五"发展规划与安塞腰鼓分别安排在每天上午和下午，于是，他特意给这次腰鼓节目取了相应的名字：鼓舞中华。

鼓与中华同频共振，显然是他的取意。这个把安塞腰鼓传遍中国，打向世界的人，不管从哪里归来，始终清醒地知道自己是从黄土地出发的。

他将采访地点定在安塞文化大楼19楼，是自己办公和教练腰鼓的地方。我一进门，一眼看到他的电脑桌面上是庆建国六十周年时，安塞腰鼓千名鼓手在天安门表演的磅礴场景。这张照片再熟悉不过了，博物馆、宣传栏、画册都有，定格着安塞腰鼓的高光时刻。

这场腰鼓表演史上人数最多、场面最大、最为隆重的表演中，刘占明既是鼓手,也是教练。此刻,这个深度亲历者,已经褪去了当年的眉飞色舞,历练出一个大师沉稳达观、宠辱不惊的风度。窗外,正对着腰鼓山,那座24米的巨型腰鼓,默默与我们对望。

室内,茶香袅袅,话题随意而热烈,一谈就是三个小时。

面前的鼓王,北斗眉,铜铃眼,声如钟,却又敦实随和,说话语气始终不紧不慢。昨晚看他表演时那股能劲、狠劲、蛮劲、猛劲、虎劲,此刻全蛰伏在精气神里。

四十五年的腰鼓生涯,刘占明亲身经历了安塞腰鼓走出黄土地,走到全国,走向世界的过程。他和他的安塞腰鼓团队足迹遍布德国、美国、意大利、澳大利亚、泰国等十几个国家。

如今,这位61岁的鼓王,依然活跃在腰鼓舞台上,既是演绎者、教授者,又是策划、编导、创新者,他以多重身份,传播着安塞腰鼓文化。

热腾腾的生命,注定像火一样烈,像地一样厚。

正如他所说:腰鼓带给我的太多了,这一辈子,就做好了这一件事。

一首歌改变命运

对腰鼓,刘占明有一种与生俱来的热爱。

小时候大队、生产队腰鼓互比互拼,他必去看热闹,过年时必随着父亲去"沿门子"(腰鼓秧歌队挨家挨户拜年),跟在大人后面,甩胳膊踢腿,舞弄着腰鼓。

伞头在前面说些吉祥话,主家会给些洋糖、花生,有时中午还管一顿饭。组织者在后面拿个麻袋收糖和花生,结束后给演员一人一把,大家把口袋装满,还会用衣角裹一些回去。

年幼的刘占明感到，打腰鼓换到的糖特别甜。也许是糖的激励，也许是鼓的好玩，刘占明一发不可收拾，天天放学就想打几下鼓，整天盼过年，好跟着大人打腰鼓"沿门子"。

在刘占明的记忆里，那时的腰鼓特别寒酸，都是大人自己做，截一节树干，两边蒙上皮，自己熬胶用小木棒粘上，皮上的毛都没褪净。鼓槌就是两节树枝。没有红绸带，拴腰鼓都用麻绳。腰鼓重，小孩背不动，觉得麻绳特别勒，背一天肩膀红肿，夏天都能勒进肉里。

但刘占明就爱舞弄腰鼓，在生产队保管室捡大人用过的破鼓，和孩子们一起瞎蹦跶。母亲喊："别蹦了，别蹦了，歇会儿！"他还停不下来。上小学后，每年"六一"儿童节，学生表演节目，他都争取上台打腰鼓，从跟着大人自娱自乐，到有了自己的小观众。

初中二年级的时候，刘占明15岁，这一年，少年的他梦想成真。

有一天，毛泽东思想宣传队来学校招学员，让初选的孩子唱一首歌。刘占明唱的是《红星照我去战斗》，招工负责人一听，好嗓音，当场就录用了。当时选了80多人，培训一个多月后，正式招用了16人。

至此，刘占明吃上了供应粮，命中注定，他要走文艺道路，过腰鼓人生。

"我那时学习好，如果能考上大学，是不一样的人生，但也不一定比现在好。走遍全国，去过很多国家，现在退休了还邀约不断。收获了一个好身体，接触各行各业的人，积淀这么多人脉，交到这么多朋友。"刘占明感慨道。

进入毛泽东思想宣传队，刘占明受到专门训练。他们背着铺盖一个村一个村走，白天戴着草帽，挂着水壶，赶着驮箱子的驴急行军，从一个村赶到另一个村。晚上点上煤油灯、柴油火把，在打谷场表演，扭秧歌、纺线线、说书、打腰鼓……夜深就睡老乡的炕。

深扎黄土地，各种艺术门类都涉猎，又和老乡吃住在一起，刘占明从中汲取了多种营养，表演技艺也一点点精进。

当毛泽东思想宣传队改制成剧团的时候，刘占明的腰鼓已打出了名气，然而真正要在这个行当站稳脚跟，却并不容易。

20世纪80年代末，安塞腰鼓有一场出省表演，县上抽调刘占明配合省上选鼓手、培训队员。第一个点就到了谭家营村，当时民间腰鼓打得最好的村子。刘占明到村子的时候，只见空地上站了几十号人，黑压压一片，用挑衅的目光看着他，脸上写满不服气。有人干脆喊：你打两下，让我们看看。

那时的刘占明年轻力壮，又在剧团受过专业训练，看到乡亲们质疑，脑子里只有一个想法：好好打，让他们服！他暗暗调动精气，拉开架式，一口气蹦了50个过裆打。鼓点结束，场上一片安静。他正诧异，人群忽然传来一声"好"！接着，锣鼓唢呐齐响，一片欢腾。

这次PK成功，让刘占明意识到，教练的名头是打出来的，好体能、好技术是硬核，打好了，才能树威望、立品德。

1997年香港回归，中国的大事件，又一次开启了刘占明的大人生。

香港回归主权交接仪式中，刘占明和120名鼓手激越行进五公里，一直打到交接仪式主场。那天，香港下着瓢泼大雨，20多万市民站满了街道两旁，呼声震天，人群的狂热、仪式的庄严，激起鼓手的亢奋，一时间，鼓槌溅飞雨，红绸跃雄风，鼓鸣撼热血。香港人民似乎听到了人民的意志、大地的精神、民族的呼唤，听到喜怒、呐喊、呼啸……

当时，随团的安塞领导对刘占明训练的腰鼓队很满意，要把这个人才从剧团调到文化局，负责群众文化，把腰鼓品牌打响。

时至今日，刘占明对二十多年前的这场鼓事记忆犹新。香港回归表演，振了国威，也升华了他的人生。

当时同行的许多农民兄弟，虽然没有像刘占明一样因这场表演走上更高的艺术平台，但受到的震撼和冲击，足以洗牌后来的人生。

去香港前，省上专门给农民培训了礼仪知识，强调了注意事项，尤其是不能在有禁烟标志的地方抽烟。但入住香港的宾馆后，有一个农民实在憋不住了，侥幸地想：我偷着抽，谁能知道。正当他抽得高兴，忽然，一股水从屋顶直喷下来，报警器轰然鸣响。

农民吓傻了，呆呆地看着喷水的烟感器，大脑一片空白，连向外跑都忘了……

还有几个农民，休息时站在宾馆窗前欣赏街景，无意间看到昨天给他们打扫房间的保洁员，竟然开着小汽车来上班，腰上还别着气派的大哥大。他们以为认错了人，揉揉眼仔细分辨，没错，就是保洁员！几人瞪圆了眼睛，嘴巴半天都合不上。

文明的教化，眼界的开阔，让他们真真切切感知到，富裕的生活，是什么样；外面的世界，是什么样。

龙腾虎跃　（刘占明供图）

刘占明讲当年这些糗事儿的时候，语气平静，我却听得一惊一乍。

后来外出表演的农民，显然聪明了。到山东表演腰鼓时，发现冬天当地还出产西红柿、黄瓜，非常惊奇，想想自己的黄土高坡，和这里气候条件差不多，冬天却只能吃酸菜、土豆，就留心学习人家的大棚技术，还专门跑到地里去看。

陕北安塞农民给山东潍坊农民教打腰鼓，潍坊农民给安塞农民教大棚种植，资源互用。这批农民回来就开始尝试，在院子里辟一片空地，搭上塑料棚，盖上草帘子，装上温度计，想方设法为大棚升温保温，甚至还用上了火炉子。办法虽然土，但真的在寒冷的冬天种出了黄瓜和西红柿。

腰鼓艺术，是安塞递给世界的一张名片，无疑也是一条打开眼界的通道、直通致富的大道。

刘占明和鼓手走过的路，就是最好的证明。

教练的教练

不是在教腰鼓，就是在教腰鼓的路上。

这是近年来刘占明的状态。

进军营、入学校、走工厂、驻社区，"背上腰鼓闯九州"，培训的学员不计其数。刘占明估摸了一下，自己培训过的，就有10万人。

就在昨天，刘占明给学校36个小学生编排了一套节目。这些小演员要上央视，在庆祝建党一百周年少儿晚会上表演街舞和腰鼓舞，这两个节目是同步音乐，于是刘占明干脆将西方的街舞和安塞腰鼓结合编导。

没有任何教科书，全凭自己对艺术的领悟力，用什么动作表现乐曲、街舞和腰鼓怎样过渡、融合，几个八拍、每个动作打几遍，刘占明一边琢磨，一边根据现场表现改进，独创出一套适合小学生的腰鼓动作。

街舞从西方来，腰鼓则是东方的魂，而刘占明这套"东方黄土地上最美妙的迪斯科"，让小学生打得很嗨。

"首要是兴趣，兴趣起来了，就种下种子了，我起的是播种、引导的作用。"

刘占明尊重古老技艺，在挖掘、整理老一代腰鼓手的套路和打法上，发展创新。"我出去教腰鼓，根据不同的人群量身定做。成年人、老年人、大学生、小学生、军人、企业家,都不一样。"

在清华大学培训时,刘占明给大学生编排了一套课间操,强身健体,动作以对打、缠腰打、过裆打为主。清华大学百年校庆时,特意发动360名大学生集体表演了这套腰鼓舞,一下子打出了莘莘学子报效祖国的豪情和壮志,打出了中华民族的气质和气势。

后来,他成了清华大学经济管理学EMBA学员的"御用"教练,在高端人群中普及腰鼓,一教就是十几年,接触到很多著名企业家,常常跟着他们去教室蹭课。尽管听得不太懂,但提升了认知,拓展了思维,反哺了他的腰鼓事业。

"腰鼓给我带来了不少好处,首先是身体好,其次提高了经济收

亚运会表演前的训练　（刘占明供图）

入,还积累了人脉,虽然我是普通人,但这辈子过得有成就感。"

现在,刘占明正在参与两件大事:第一件,配合教育部、中国舞蹈家学会"培优计划"项目,进3000所中小学教授腰鼓,以腰鼓运动来响应国家美育教育。第二件,在安塞腰鼓申报吉尼斯世界纪录、申报世界非物质文化遗产项目上,流汗出力,让黄土地上的民风民俗从中国走向世界。

"目前人数和普及率还没有达到国际指标,必须从娃娃抓起,注重中小学生的培训,这两件大事,是安塞的,更是陕西的、中国的大事,能出一份力是幸运,要认认真真地做。"

黄土地在沸腾,黄土地的儿女,也在沸腾。

采访结束的时候,我特意坐在刘占明办公桌前,像他一样看着窗外,默默和腰鼓山对视了一会儿。"相看两不厌,唯有腰鼓山",这一定是刘占明的日常。

办公桌上,一沓延安市安塞区文体广电局信笺上,记了几个手机号码,随手写着几行话:

传承的力量。
学校体育美育,弘扬中华优秀传统文化系列活动。
高校106个中华优秀传统文化基地。
……

这些随手记,无疑正是刘占明的所思所做。

在他的腰鼓人生中,热爱启蒙了他,黄土地培养了他,德艺成就了他,现在,他正在用这一切,培根育魂,守正创新。

黄土坡上的"狂飙"（刘占明供图）

鼓从塞北来

一

"县长你啥都比我好,但有一个方面,你没我好。"

"呵,哪方面?"

"你登过军舰吗?在钓鱼台吃过饭吗?去过世界的十几个国家吗?"

这是六年前,一个农民腰鼓手在庆贺演出成功的饭桌上,和当地分管文化的副县长的对话。

这个腰鼓手,叫曹元亮。显然,在这样喜悦轻松的氛围中,县长是亲民的,曹元亮"吹牛",也是有底气的。

曹元亮的大大(大伯父)曹怀荣是安塞腰鼓首个国家级非遗传承人,8岁时曾跟着劳动英雄杨步浩打着腰鼓,在枣园给毛主席、周恩来总理拜年。毛主席在他头上摸了一把说:这娃打得好!

大大一生的"腰鼓传奇",给曹元亮照亮了道路,注定他的腰鼓生涯不平凡。

"我很自豪,挣钱不挣钱先不说,看到外面的世界,见识广了。"曹元亮说这句话的时候,平和的眼神里透着真诚的满足。

其实，这次来安塞前，我对曹元亮这个农民鼓手一无所知。幸得当地文友米宏清牵线介绍，说他是鼓手里的佼佼者，既会表演，又外出培训，还是演出组织者。

早上，我坐3路班车从安塞区中心赶到冯家营村，在蓬勃的阳光下，打通曹元亮的电话。他告诉我，沿大路左拐，就在对面这个村子。抬头看去，对面的远山下，散着一排排屋舍，一条通向村子的小路，蜿蜒如蛇，在阳光下亮着白花花的肚皮。

一种悠远的神秘漫上心头，我感到一种冥冥之中的召唤。踩着冯家营村前修路的尘土和泥水，绕过挖掘机长长的铁臂，拐上那条小路，步行到村口，再顺着路拐到正街上，远远看到一个中等个头、不胖不瘦的中年汉子在自家门楼前招手。

一见如故，相谈甚欢。

想象中，曹元亮虎虎生风，壮实威猛，事实上，他还有儒的一面。虽然文化程度不高，却在少年时就读完了《水浒传》《三国演义》等名著，常在放羊时给小伙伴讲书里的故事情节。

他微信昵称也颇有意味，叫"鼓从塞北来"，顺口、精准，也表明，这个陕北后生的腰鼓视野，是向外的，有强烈的品牌意识，不停步于"内卷"。

曹元亮解释说，"随便起的名字"。我想，这随便之中，并不随意。他打腰鼓三十余年，一次不拉地参加了安塞腰鼓在国内的各种大型活动，还应邀去意大利、新西兰、美国、法国等近十个国家进行表演。"中国省会城市、直辖市、自治区走遍了，欧洲、美洲、大洋洲的国家都去过。"

一个常年走南闯北，在海内外、世界各国表演的人，才会自发"根"的意识，塞北、腰鼓，这两个关键词，就是他的根和标签。"鼓从塞北来"，就自然而然了。

曹元亮组织腰鼓表演，要求队员要舍得下身子，舍得下力气，不能有偷懒耍奸溜滑的想法，一定要卖力气地去表演好每个动作，打好每个套路，表现出陕北人的洒脱、剽悍、粗犷。

在安塞，每个地域打腰鼓风格各不相同，有南派、北派、中派等几个派系，各有特色，百花齐放。当地流传着这样的顺口溜："谭家营的胳膊西河口的腿，真武洞出来个晃挠鬼，打起来腰鼓赛土匪。"

曹元亮在腰鼓表演上没有门派之见，汲取了大伯父曹怀荣等老一辈腰鼓艺术家的精华，也认真学习西河口、谭家营、沿河湾腰鼓手的好动作，博采众长。

随着安塞腰鼓频频参与国家重大活动表演，为了舞台需要，腰鼓表演统一了动作和风格，主要是大缠腰、小交叉、十字梅花、乱开花等动作。后来，当地政府意识到老传统不能丢，随即启动了保护传承工作。

"这几年上面重视老传统，担心很多打法失传，现在又开始挖掘了，找老艺人交流、教授，每年组织一期老打法的培训。"曹元亮就是传统打法的教练之一，2017年被评为延安市安塞区腰鼓一级教练、非物质文化遗产保护传习户。

二

在曹元亮的记忆里，第一次打的腰鼓，是一只热水瓶。20世纪70年代，那个热水瓶是全家的宝贝，几年前村里给他家派饭一个知青，相处甚好，走的时候，知青知道曹元亮的父亲胃疼怕凉，就把自己的暖水瓶留下作纪念。

那时候，曹元亮7岁，经常和村里的小伙伴学着大人的样子练腰鼓，开始是空着打，胡蹦跶，后来觉得没意思，就各自找能代替腰鼓的家伙。曹元亮盯上了家里的热水瓶，觉得它的样子像腰鼓，就倒空水绑上绳子挂在腰间,和小伙伴练习对打时,撞到热水壶,"呼"一声摔到地上,壶胆裂了。

曹元亮知道自己闯了大祸,悄悄地把壶照原样放回去。后来还是被发现了,父亲用打腰鼓的狠劲、猛劲,在他屁股上重重打了几棍子,屁股肿了几天,疼得走不了路。但这顿打一挨,他才踏实了。

上学后,他正儿八经在课堂学习打腰鼓,也学着掏树洞做腰鼓。大大常常手把手教他,悉心培养。在初中时,曹元亮的腰鼓已经打得很老到了。

1984年,陕北腰鼓随着《黄土地》电影大火。紧接着,各种活动轮番上阵,全国农民运动会、亚洲运动会、香港回归庆典……都为安塞腰鼓留出一席之地。曹元亮腰鼓打得好,这些大型表演都被选中了。

"风光是风光,却耽误了庄稼,粮食没打下,公粮交不了。"

他记得那年亚运会训练和表演时间很长,回来后只能借了玉米去交公粮,粮站人验收时说太湿,不过关。拉回来后一直是阴天,就在炕上暖了几天,又拉去交,还不行。曹元亮一听就急了,心想好不容易借来,全家人都舍不得吃,还说不行?就和验粮的人吵起来,验粮人说除了湿,玉米也没处理干净。一来二去,两个激奋的汉子动了手,打起来了。

派出所民警赶来调解,让曹元亮拉回去,又在房顶上晒了好几天,才过关。

这事结束不久,娃娃、老人接连生病,都是借钱去医院,兄弟们来看望时说:"光打腰鼓挣不来钱,没用。"曹元亮想着自己在外吃香喝辣,家人却吃不上一口白面馍馍,连生病都看不起,他觉得自己真没用,那一刻,他下决心放弃腰鼓。

有一天,曹元亮听说种板蓝根能挣钱,长成了有人来回收,就赶紧行动,过起了在地里种药材,间或外出打工的生活,离腰鼓越来越远,只在逢年过节时，才挎上腰鼓表演几天，过过瘾。

这样的日子过了好几年，直到一场赛事的举办，才打破了曹元亮离弃腰鼓的平淡的生活。

2000年4月，国家在无锡举行第一届中华鼓王大赛，县文化馆直接指名曹元亮领队，每天补助费用。"我没犹豫就答应了，并不是因为有补助，血液里有这种东西，爱这事，放不下。"

这一次机缘，曹元亮又拾起腰鼓，回归了他的所爱。

在外面演出次数多了，他发现，村里喜欢腰鼓的人多，一千个村民中，六七百人都会打，随便都能组织一场演出。这个念头出现后，他就多了一个身份——政府演出、商业演出组织者。

曹元亮家客厅的墙上，端端正正挂着安塞鼓之魂腰鼓文化公司营业执照。我细看内容，主要组织腰鼓、民歌演出，服装、道具租售，法人曹元亮。很显然，这个"斜杠"腰鼓艺人在自己致富的时候，也在带动村民。

这些村民中的很多人，都是曹元亮的徒弟，有瓦工、砖匠，有跑出租的、种西瓜的、打零工的，无论做什么，都在与腰鼓同成长，和曹元亮一起，经历了许多腰鼓史上的大事件。

新中国成立国六十周年庆典时，北京天安门广场的千人腰鼓表演，在安塞腰鼓手心中留下了难以忘怀的记忆。参加的人经过了分片小训练、集合大训练、机场集体大彩排，才一步一步走向天安门前实地彩排。方队和方队间隔几十米，哪个曲目走到啥位置，动作怎样精确到秒，皆是高标准、严要求。

从自由式到军队式，从锣鼓伴奏到听音乐行进，农民选手不适应，训练非常辛苦。

曹元亮记得，当时行进的配乐有《东方红》《红旗颂》《春天的故事》等。集合到天安门广场彩排时，北京导演在茶几上给他们画天安门广场的阵形,哪段是哪个曲目,变换什么动作,前后如何衔接,都做了标注,让他们几个骨干给大家讲解。

正式彩排那天晚上,北京长安街戒严,几十辆大车拉着鼓手,以30迈的速度缓缓行进,确保和别的表演团错峰。

半夜等场时,下起了小雨,农民们困倦极了,仰得仰,趴得趴,有的干脆圪蹴在腰鼓上,还有"能人",提前把发放的大面包掏空,偷偷将烟和火藏进去,带到这里抽,试图解乏提神。

就在极度困倦、懈怠之时,远远传来铿锵有力的脚步声,跨——跨——跨,一步一步,震着每个人的心。大家纷纷睁开眼睛,循声望去,呀,解放军方阵走来了!那英气勃勃的军容,钢铁一般的军姿,一下惊飞了瞌睡。好家伙,方阵步伐整齐如刀切,连脚底下带起的雨珠都是整齐的!

鼓手们看呆了,震惊了,兴奋了,每个人心里,都升起了豪情!他们霍地站起来,甩着胳膊撂起腿,摩拳擦掌,为表演"活血"。

彩排上场后,个个热血沸腾,龙腾虎跃,激动处,自发吼出"嗨——嗨"的呐喊,虽未经训练,却心有默契,声音也整齐如刀切、磅礴如海啸!

北京导演听后很激动,连声说:"好!好!正式演出时,就这样喊!"

曹元亮讲到这里,我在手机上调出了当时的表演视频。果然,千余名选手迈着整齐的步伐,在《没有共产党就没有新中国》的音乐中,以排山倒海的阵势,铿锵行进。在每一组鼓点转换时,爆发出"嗨嗨"的呐喊,声震天地。

雄壮的呐喊,吼出了鼓手的豪情,也吼出了脱胎换骨的成长。

三

曹元亮指着家门前正对着的一面山告诉我,新华社以及韩国、日本的媒体以前都在山上拍摄过腰鼓。顺着他指的方向看过去,远处是一片陕北典型的黄土沉积山,不伟岸,却敦实,像一只卧虎,守护着村庄。一簇簇树和草,给卧虎绘上绿色文身。

"现在山青水碧了,表演腰鼓没有黄尘飞扬的场景,拍摄队不来这了。"

山绿了,腰鼓红了。

曹元亮也红了,成为红人的他,不断接到教授、演出的邀请。

聊天的时候,我发现茶几玻璃下,压着一张照片——镰刀湾镇中心小学2016年赴安塞腰鼓汇演合影,上面的时间是6月1日。36个孩子的笑容,透过玻璃扑面而来,那份纯真、那份快乐,像山泉一样清亮。曹元亮告诉我,这是安塞最北、最远、最贫困的山区学校,全是留守儿童,或单亲孩子,很多孩子都没进过城。

看到这些孩子时,曹元亮不由想到小时候的自己。也许一次腰鼓培训,就会为他们种下未来的种子。他用心教,孩子们用心学,结果,穿着最便宜的演出服,却取得了最好的成绩。曹元亮教过腰鼓的学校很多,唯这一次,他将合影夹在客厅茶几的玻璃下。

说话间,曹元亮85岁高龄的老母亲来房间取东西。老人慈眉善目,精神矍铄,我不由得站起来,和老人拉话,祝她健康长寿。重新坐定后,发现曹元亮半天没话,神情有些落寞。喝了几口水,他再开口时,话题转向自己的父亲。

他最遗憾的是,父亲去世那一天,他没有在身边,而是在一个边防部队教腰鼓。

他记得那是1995年,在部队两周后,一天上午,连长忽然跑到他跟前说：机票买好了，你收拾一下吧，吃完午饭就回。他感到突然，就问：是我哪里没教好，还是你们取消演出啦？连长说：都不是，收到电报，你家出了点事，必须得回去一趟。曹元亮一肚子狐疑，却也不好再问。

中午一起吃饭的时候，连长语气沉重地告诉他：你父亲——走了，节哀顺变。曹元亮嘴里的饭菜，顿时咽不下去了。出发来部队的时候，父亲还推着架子车给他卖西瓜，还说放心去吧，晚上他会帮着看瓜地——怎么就会走了呢。他不相信，却又清楚地知道：这是铁打的事实。

坐在回去的飞机上，曹元亮很怕会从天上掉下去，赶不上看父亲最后一眼。两个多小时的飞行，他表情木然，眼睛睁得大大地。那是他第一次坐飞机，但沉重的悲痛压过了稀奇，怎么登机，怎么走出机舱，他都不记得了，只想快快赶回家，跪在父亲棺木前。

安葬完父亲不久，曹元亮又打起腰鼓，教起学员。"没有了父亲，不能再没有腰鼓。"

也许，有腰鼓在，天堂的父亲不会寂寞，他也不会寂寞。

腰鼓，与曹元亮的人生紧紧相连。有麻绳勒肩的磨炼，也有红绸舞动的风光。

有一年，曹元亮受邀去广西，给北海舰队士兵教腰鼓。在那次教练时，他在海上住了整整一周，那是他人生中第一次坐上军舰。那些天，看惯了黄土高原山峁的他，眼中的整个世界，变成了水汪汪的大圆圈。一天午后，他站在舰艇前头，波涛一浪一浪地奔涌，茫茫海面上，只有捕鱼的海鸥，忽然觉得孤单，感觉自己太渺小了。多年打腰鼓打出的名声，忽然像浮沫一样溃散。

几天后，曹元亮争取到一次看部队演习的机会。当他穿上海军服，看着纬度经度锁定后，目标打得准准的，激动极了，深感国家军事力量的强

曹元亮在自家院子即兴表演

大。看完演习那一夜,他激动得睡不着,身心都迸发着男儿的豪情。

新的天地,新的领域,冲击着曹元亮的心。他惶惑着,也自豪着。

"新兵怕哨,老兵怕号""军人打腰鼓并不好教,体力、纪律都没问题,但身板太直……"和曹元亮交谈,我时不时产生一种错觉,以为他是一名复员军人。不过也正常,曹元亮算过,这些年经常在部队当教练,这儿待几个月那儿待几个月,在各个部队待的时间累计起来,足有八年。

"我没当过兵,却比很多兵在部队的时间长。"

小小的腰鼓,打开一个大人生。这让曹元亮乐观、知足、感恩。不管遇上什么坎,都觉得没什么过不去的。

四

我临走时,曹元亮说等一下。抬头看时,他已从柜顶取下一个腰鼓,边把红绸带往肩上套,边对我说:这是国庆六十周年时,我在天安门表演用的那个腰鼓,今天给你舞上一段。

走出窑洞来到院子,挎着腰鼓的曹元亮往中间一站,刚刚那个质朴、沉稳的中年后生,忽然间就变了样,眼神一下泛起光辉,脸上每一道皱纹都生动起来,浑身上下充满力量,让我不敢相信这就是刚才和我说话的人。

"猛虎下山""缠腰过裆""大蹲翻身",他一连表演了三个经典腰鼓动作,敦实威风,昂扬喜庆,彪悍狂猛,真应了当地一句话:"式子慷慨码子硬。"

没有锣鼓伴奏,没扎白羊肚毛巾,没有黄尘渲染,那"咚咚、咚咚"的鼓声,原汁原味,发于鼓,更来于生命深处。

舞起腰鼓的这一刻,黄土一般平凡的汉子,忽然间像天神似的在我面前顶天立地。我感觉到,自己的眼眶发热,喉咙哽咽。

眼前,似乎有成百上千的曹元亮在表演,平时面朝黄土背朝天,辛苦刨食的汉子们齐刷刷抖着狂傲,跃着刚猛,吼着威风,向着天地"鼓之舞之"。

咚咚地击打、嗨嗨地呐喊、嗒嗒地舞步,似惊涛拍岸,似电光雷鸣,震撼着我的心。

就这样,农民的腰鼓震撼了世界。

就这样,外面的世界震撼了农民。

我相信,此刻,全世界都在倾听,这黄土地上的鼓声。

三道道蓝

在安塞的最后一夜,很疲惫,却睡不着,辗转反侧。窗外,塞北的风,呼呼鼓动着玻璃,试图编排一曲天籁。眼睛睁在黑暗里,听着风吼出的信天游。渐渐地,强劲的鼓点自远方响起,咚叭——咚叭——咚叭咚!

鼓点里,采访过的人,听到过的事,盘在脑中,住在心里,把我撑得满满的。

不由得回想起来延安的第一站,与原延安文化和旅游局干部李刚的对话——

现在机器制腰鼓很普遍,为啥安塞还有人坚持手工制作?

腰鼓最早叫鼓子,陕北人用本地的树木、本地牛皮做,很简易,后来慢慢改进,鼓身用有弧度的木片,无缝粘合,重量轻,美观。现在很多是河南过来的。但还是咱做的适合咱,声音、手感,甚至原料的气息,亲切熟悉,挎在身上舒畅,人和鼓相处更融洽,更容易动情,敲出情感来。

窑洞、民歌、白毛巾,是陕北的三大标识。我想请教下,陕北人的"白羊肚毛巾上,为啥还有三道道蓝"?

白羊肚手巾扎在头顶，可以挡风沙、擦汗，同时显示陕北男性阳刚、英武之气；

三道道蓝织在毛巾两头，有好几种解释，我认为主要是美观，起点缀作用，也表达着黄土地上人们对水、对绿、对丰收的向往。

为啥黄土文化、陕北民俗风情有这么强的冲击力，在中华文化之林有一席之地？

陕北地广人稀，山、沟、峁、梁的地形，让人和人近距离见个面、拉个话很不容易，所以就唱，就吼，就跳，为和远处的人交流，有时也是给自己差个心慌。无论是吼民歌、说书、剪纸、打腰鼓，都是情感的宣泄，出于本能：高兴了、悲哀了、烦心了、激动了，吼起来，敲起来，剪出来，自自然然，随手就来，完全是原生态的，所以浓郁、独特。

……………

干脆开了灯，坐起来打开电脑，把当时草记在本子上这些散乱的对话，整理出来。

夜深，人静，噼里啪啦键盘声仿若礼花怒放。忽然想起，两年前来延安参加干部培训时，曾请来一位民歌老师，我已经忘记了她的名字，但记得在那堂课结束时，老师现场给我们演唱了一首陕北民歌《吉祥腰鼓》。

急忙在手机上找到当时的录音，一曲高亢豪情的信天游，顿时响彻耳边。此刻重听，字字句句像舞动的鼓槌，敲到我心的最深处：

天蓝蓝，地黄黄，
我大生我就要吃（就）粮，

生就的骨头（那）练就的胆，
打起（那）腰鼓迎吉祥。
打腰鼓（那个）心气爽，
打得（那个）满山山米谷香，
打得（那个）沟里头牛羊壮，
打得（那个）河水哎哗啦啦地淌。

打腰鼓（那个）精气畅，
打得（那个）二妹子进了洞房，
打得（那个）日子（是）甜如蜜，
打得（那个）光景哎暖洋洋。

打腰鼓（那个）神气扬，
打得（那个）山村变了样，
打得（那个）鲤鱼（它）跳龙门，
打得（那个）天地哎放光芒。

（走访时间：2021年4—5月）

秋篇

从一根藤条出发
——藤编村的女人们

从一根青藤出发
用经纬编织芳华
巴山汉水的体香
正在远方开花

用指尖排兵布阵
　向时光讨要
　　童年的摇椅
　　　还有
　　明媚的村庄

坐标：汉中·南郑·水井村

南郑位于汉中盆地西南部，自然条件非常适合野生青藤和木竹的生长，因而藤编历史悠久，相传藤编起源于三国时期。南郑区黄官镇水井村藤编沿袭至今，工艺精湛。"汉中藤编"是陕西省传统非遗技艺之一，2021年被列入第五批国家级非物质文化遗产名录。

南郑区黄官镇作为藤编之乡，将非遗与旅游、研学融合，走出了一条独具特色的非遗旅游融合发展之路。水井村的良顺藤编采取"公司+合作社+农户+电商平台"的生产经营模式，2021年生产各种手工制品22万件，线上线下销售总额5700余万元，带动458户农户增收致富，拓宽群众增收渠道。

"郑人南奔"的地方

节假日的高速路，总是间歇性"肠梗阻"。但我并没有平日堵车时的心浮气躁，而是嗅着山间清冽的空气，气定神闲地望着车窗外绵密的雨帘，想象着远方村庄里，那个迷人的藤编世界。

导航定位在三百公里之外的汉中市南郑区黄官镇水井村——陕西省唯一的藤编之乡。在漫长文明的演进里，失落的或即将消失的民间藤编艺术，已在那里还魂，勃发着重生的力量。

一个个藤编世家，正在把指尖技艺转化为指尖经济，踏出一条手艺兴村之路。

风疾、雨密，前挡风玻璃上，雨刷像两只灵巧的手臂，一刻不停地替我拂去水流。我想，此刻，水井村的厂房、农舍里，那些藤编人的手臂，一定也在这样忙碌着。

来之前，陕西省妇女手工艺协会会长崔玮告诉我："山上遍地青藤，村里几乎家家都在编织，尤其是李静一家，丈夫在山上割藤，她组织编织生产，儿子做电商销售，把周围村民都带起来了，既谋生又谋艺，很有代表性。"

她的话，像升空的烟花，一句一句在我心头绽放。三天之后，采访功课还没做细，我就利用国庆长假迫不及待地出发了。

雨越来越大，堵在西汉高速上的车一眼望不到头，我干脆熄了火，告诉自己不要着急。黄河和汉水，秦岭到巴山，历来都有阻隔，古时栈道的艰难挪步，当今高速路的隧道限速，显然都是为了让人慢下来。

人一旦慢下来，才会与天地、时光惺惺相惜。

此刻，慢下来的我，望着窗外湿湿漉漉的山，竟思接千古，想起汉高祖刘邦创建大汉的伟业，看来，民族注定要在秦岭和汉水间茁壮。

秦巴山水，见证了两汉三国的历史，也见证着时代的变迁。位于汉水上游的南郑，就是史书上闪光的明珠。

《康熙字典》载："南郑，古褒国附庸之邑，桓公殁，其民南奔居此，因曰南郑。"

《康熙字典》字字珠玑，让两千七百多年前先民的脚步，清晰可循。这个吸引秦岭以北郑国人栖身、被秦朝捧为汉中郡郡治的富庶之地，注定不平凡——五百年后，它迎来了被项羽封为汉王的刘邦。

也许是这片"天汉美名"土地的抚慰和激励，让刘邦没有躺平，更没有被消磨掉雄心壮志，在秦巴山护佑、汉水的滋养下，他驻扎都城南郑厉兵秣马，为实现大汉伟业养精蓄锐。

历史注定会被刘邦改写。

在这片奠定汉家基业的起家之地，生长着一种质地坚韧、密实坚固的藤本植物。根据《本草纲目》记载，青藤根部和藤条本身就是药物，能治损伤疮肿等疾病。

刘邦无疑是幸运的，山野间遍地的青藤，是上天赐予的神力，它在匠人手中化身藤甲，在医师手中化作草药，护佑这群为抱负和理想而奋斗的英雄。

从这个意义上讲，青藤也是民族的功臣。汉族、汉人、汉字的血脉里，涌动着它的气息。

如今，楚汉之争的金戈铁马早已远去，青藤和山竹依然蓬勃茂密。

它们曾是战将的贴身护卫，随着士兵出生入死，保家卫国。翻看了《三国志》关于"藤甲军"的记载，我更确认，所谓藤甲，正是用藤条编织的战衣，古人这样描述它的优势："渡江不沉，经水不湿，刀箭皆不能入。"

央视《中国影像方志》中，对南郑区的众多特产仅展示了三种，其中之一就是藤编。因该地盛产青藤，往昔在汉中边境一带，许多道路逢江遇河之处，都沿用古代的藤桥。

据说这种以藤条牵引编制的便桥，状如网槽，风雨飘摇而历久不朽，人行其上，晃晃悠悠，坐轿似的。

可惜，藤桥已在岁月河水的冲刷中消失殆尽。我想，当今许多景点供游客娱乐的摇摇桥，也许就是它们的影子，只不过质地不同、目的不同罢了。

遍地藤甲伴英雄，两岸藤桥通乾坤。

那是怎样一个雄赳赳的年代啊？那些气昂昂的青藤和木竹，在漫长的朝代更迭中，可曾失去英气，可曾常青？

时光在史书上做了注解。

唐代，在广东儋州（今海南岛儋州市县）、琼州（今广东琼山），人们以野鹿藤编织帘幕以及花卉、鱼虫、鸟禽等图案。至开元时期，工艺已发展得极其精细，岭南等地逐渐向朝廷进贡皮藤、五色藤盘。

至清代，民间织作藤器的作坊遍地，心灵手巧的人们将它编成席、椅、垫……至此，藤以各种姿势，开始陪伴百姓的生活。

认真追溯青藤的前生今世，才惊觉它是最低调的功臣。从田野走向战场护命，从战场走向江河通路，又从江河走向长安皇室扮美，最终栖息在寻常百姓的屋檐下，融入烟火生活……

青藤，沿着大地缠绕攀缘的植物，在人类的巧手中涅槃，在时间的长河中常青。

随着岁月传承至今的，有藤编、棕编、竹编、扇编、草编、手工艺品编，这"六编"技艺，让时尚和自然的完美契合，吸引了许许多多的追崇者和探访者，我就是其中之一。

我想知道，山野间遍地的青藤，如何在南郑人的巧手妙思间，化作居家的用具、出行的装饰、赏玩的工艺品？又如何带动了产业，振兴了村庄，振奋了日子？

出行前在南郑区政府官网上看到的一个数据，2019年，以藤编引领，南郑从事"六编"产业的近1.5万人，人均年增收3170元。这，无疑是藤之幸、人之幸。

纷纷思绪中，隧道渐渐消失，雨也停了。眼前一马平川，空气湿润，绿意密布。经过近七个小时的行程，终于，我踏进了秋天的南郑，也一脚踏进了藤艺的世界。

她活成了一根藤条

女人如青藤,看似纤弱,实则坚韧。

藤编有千变万化的纹样,生活也会回应以多样的滋味和收获。

一

李静走出来时,我一眼就认出来了。微卷的短发,圆脸,大眼睛,和照片上一模一样。她热情地招呼我,随着说话的表情,左脸颊下的酒窝若隐若现。

这样美好的一张脸,并没有让我感到惊艳。再细看,身材清瘦的她,穿着灰黑色上衣,一排黑圆大扣子一直扣到领子,普普通通的深色裤子,脚下是一双软底布鞋,浑身上下没有佩戴任何首饰。

她像一根没有经过巧手编织的青藤,散发着乡村主人的淳朴气息。

看得出,李静把上天给她的丽质,全都编进了藤艺里。

随李静走进大院,就走入一个藤艺的世界:藤沙发、藤椅、茶几、提篮,应有尽有,田园气息扑面而来。

窗户边,立着一个鸟巢状的吊篮,不由坐上去,轻轻晃动,像荡秋千一样悠哉悠哉。如果捧上杯茶,再拿本书,阳光照在书页上,我可能会忘记整个世界。

我的目光落到一把坐面大、椅背低的藤椅上，藤椅造型可爱慵懒，又不乏时尚，让人一看就想一屁股坐上去。李静笑笑说："你真有眼光，这是网红椅，7月份，省妇女手工协会联合杭州'王的手创'来陕直播带货，一下卖了近百把。"

说话间，来了一拨顾客登门选货，又有快递员催她去验看包装，李静分身无术，我暂且不给她添乱，独自在厂房四处溜达，目及之处，除了墙上的宣传栏，就是雅致的藤编产品：蝴蝶翅椅、贝壳椅、咖啡椅、大象竹筐、波浪边果篮、玉立的花架……造型别致，线条流畅，想到这些都是工人用手、用心，将一根根藤条缠绕交错而成，心中充满敬意。

轻轻抚摸藤具，仿佛能摸到工匠的心跳和体温。

与我此刻的悠然相反，李静正在不远处亲自检查。发货前的每一件产品，都要经过她的"法眼"才能发出。

这会正逢今天第三次发货，快递封装时"刺啦刺啦"的撕胶带声，匠人用射钉枪"嗵嗵"定位的打枪声，制架师钉竹铆时的敲击声，合奏出热烈的编藤进行曲，听上去自然和谐，毫不聒噪。

我想，如果哪一天听不到这些声音了，李静会不习惯。

锦绣手工艺品专业合作社，是李静为村民们创办起来的致富家园。作为理事长，李静对社里的情况如数家珍，从她嘴里说出来的数字和乡邻，都是有温度的。

我注意到，合作社门口有一整面荣誉墙：全国巾帼脱贫示范基地、陕西省妇女手工艺品生产示范基地、非物质文化遗产"汉中藤编"传承基地……

闪光的牌子，像一双双深情的眼睛，注视着我，无言诉说着这里的故事。

李静现在已经没空亲自编织了，收货验收、发货前的质检、结算款项、技术培训，还有每天的勾挑核对，都由她一肩挑。发货情况、买家姓名、快递名称、货物型号，在她这统计得清清楚楚。

她的记账本，就在发货处的方桌上，我发现她写了一手好字，一页页翻开，布局和谐齐整，字体端庄俊秀，那一撇一捺、一笔一画，就像一根根藤条，每一根都安放得舒展、妥帖。这也许缘于她当教师写板书的历练，也许缘于藤编技艺的功底。

1992年刚结婚时，李静是当地一所初中的英语代课教师，丈夫陈良顺家是黄官镇有名的藤编世家，家里盖起了村里少有的二层洋楼。当时藤编工人每月能挣100多元，李静每月工资才67元。

每天早上，她从家人编藤的热烈气氛中走到学校，对着学生说："Good morning！（早上好！）"每天晚上，她也在问自己："What do you do？（你是做什么的？）"

天天跟青藤打交道，睁眼闭眼都是藤编，身处这样的家庭，李静越来越认识到，这门手艺不仅可以富家，将来更可以传下去。代课教师虽好，但没有会一门手艺的归属感、创造感。

她决定辞去代课教师工作，和家人一起做藤编。丈夫陈良顺家七姊妹，个个是编藤高手，公公更是好把式，她不愁没师傅。平编、角编、串接、缠扣等，李静几个月就熟练掌握了。

简单的"福"字、"喜"字图案纹样，主要靠经线纬线变化交错，也算容易掌握，但造型各异的花样却需要悟性和苦练，缠枝、梅花扣、马蔺垛、藕莲花等上百种花型，复杂费事，连编织老手都会发怵。

李静并没有退缩，她眼看、手练、心记，一点点领悟着窍门，夜里睡觉都在比画着。慢慢琢磨各种花型中每一根藤条的经纬线数量、制衡关系，还有拉线的力度。

藤编工艺特别考验匠人的耐心。最受欢迎的胡椒眼花，交叉横竖成眼状，得八道工序，菊花纹需要三十六道工序，这些繁复的工序和上百

村民交给合作社的竹匾、小簸箕

种编织花形,李静不出一年就掌握了。

在这个藤编世家,李静的身心,都融入了藤编,她感到前所未有的踏实。

也许是李静的加入,也许是遇上了改革开放的红利期,家庭作坊式的藤编产业迅速膨大,由自己走街卖、108国道设点卖,到有商家代理卖。到20世纪90年代末,南郑藤编的代理商遍布汉中、西安,甚至销到了沿海各大城市。

销量倒逼生产,李静和丈夫陈良顺忙得不亦乐乎。丈夫全国各地跑销售、谈代理,李静在家组织生产,夫唱妇和,藤编事业蒸蒸日上,日子红红火火。村里很多人把编好的藤椅交到她家代售。

很多家有婴儿的妇女,不甘心丢下自己的手艺,干脆用一根绳子把小孩子绑在自己背上,腾出手来编藤椅。

那些年,日子变成了一把把藤椅,心血变成了一个个订单,辛劳变成了一张张笑脸,对生活、对时间的友好,结出了幸福的果实。村民们在巴山汉水的馈赠中,坚守匠心,追逐时代。

二

岁月，并不总是静好。李静也不例外，即使她起了这样一个静好的名字。

2000年，中国经济跨越式大发展，制造业突飞猛进，国人的审美风向渐渐转向奢华，崇尚工业，喜爱机器生产的精密，天然质朴的藤椅，受到冷落，渐渐少人问津。

从前人来车往的藤编公司，车少人稀，热火朝天的藤编场面，在一声声叹息里成为渐行渐远的回忆。即便如李静一样坚定的坚守者，也感到了寒冬的萧条。

看着一根根编起来的藤具，放在代销商那里落满灰尘，李静很心疼，却又无可奈何。这样死磕下去，不是办法。有一次李静去红寺湖办事，偶然发现农家乐人气还挺旺，红寺湖环境优美，在陕西知名度高，游客量饱满，也许可以替代藤编产业的落寞。

那天，李静沿着湖边走了很久，感觉随风涌动的湖水，像极了自己的心绪。她不甘心生活成为一潭死水，决定转型，试一试开农家乐。

从来没有从事过餐饮业的李静，风风火火干了起来，谈合同，装店面，定菜品，热情不亚于她当初投入藤编。2008年枫叶红透的时候，一个名叫"百姓人家"的农家乐开张了。

食客们发现，这处农家乐，从门面装饰，到餐桌、椅子，全是藤条编织的，是一家藤具餐馆。原来，李静开农家乐之前，心里就打了小九九：红寺湖游客多，餐馆容易吸引游客进门，又可作为藤编产品展示地，一举两得。

原来，她从藤编"移情"，但并没"别恋"，只是心系藤编的"曲线救国"。

也许她对藤编难以割舍的痴心，感动了上天，命运再一次把她拉回藤编事业。

2012年秋天，红寺湖的旅游旺季渐近尾声，李静农家乐的生意清淡下来。一天，她正仔细擦着店内藤椅上的灰，琢磨着怎样把不温不火的藤编再促一把。

这时，电话响了，是县妇联工作人员打来的，一句"请你参加妇女手工艺大赛"，让李静心潮澎湃。她在激动又忐忑的情绪中，开始比赛前的准备，仔细了解参赛规则，精心选择参赛要用的藤条。

很奇怪，尽管几年不编藤了，但手一抓藤条，那久违的亲切的感觉，一下就回来了，花型编法也全存在脑子里，仿佛只待她调用。

那一刻，李静忽然意识到，虽然与藤编分离四年，但始终没有真正离开。

半个月后的赛场上，来自全省的"巧娘"都拿出自己的绝活。手指翻跹，彩线起舞，一番竞技后，一个线条流畅、做工精致，又颇具创意的藤编花瓶，吸引了评委的眼睛，大家仔细观赏，收获一致好评。

这件出自李静指尖的作品，竟夺得第四届陕西省妇女手工艺品技能大赛编织类一等奖。

当李静给我讲着她这个一举两得的小九九的时候，时间已经过去了八年。当年的兴奋和荣誉，早已沉淀成她血液里的自信。

今天，红寺湖边的农家乐早已易主，家庭作坊式藤编小合作也成为过去式，李静已经是带领妇女致富的锦绣合作社理事长，丈夫是良顺藤编公司总经理，儿子是电商销售经理，一家三口，肩上都担上了使命。

全家带动周边村民，采取"公司+合作社+农户+电商销售"的模式，从原料供应、技术培训、编织产品、上门回收一条龙服务，形成了一个稳定的产业致富链。

南郑区妇联主任刘昱村，对李静印象很深。她们第一次相识，是在汉中市妇女代表大会上，当时刘昱村还是区行政中心主任，和同样是妇

作者和李静（左）交谈

女代表的李静同居一屋。优秀的女人自带光环，相互吸引。这两个素不相识、职业各异的女人，竟十分投缘，两人晚上一聊，就聊到深夜。

采访时，刘昱村在电话里告诉我："李静善良，有韧劲，她讲自己创业的那些事儿，感动得我一晚上都睡不着。""李静想让藤编有更多人参与进来，质量、销量都上来，能让妇女姐妹在家门口创收，她是有情怀的人。"

刘昱村写一手好文章，口才更好，电话交流中，她的语言表达，说话语气、口吻，让我深深感受到这位妇联主任的亲和力和大情怀。

我注意到，一提起乡村妇女，刘昱村一直用一个词：姐妹。很显然，在她心里，李静也是姐妹，一个最能干的姐妹。

现在，李静锦绣手工艺合作社里每一件有关村民致富的事，刘昱村都一清二楚，李静利用自家电商平台给周边妇女带销棕垫、棕扇，卖了多少货，收入多少，她全知道。"王的手创"团队来合作社直播带货时,身为区妇联主任的刘昱村全程参与。

想起"花儿为什么这样红""这是绿叶对根的情意"。在这片汉水哺育的土地上,所有的花、叶、根,都沐浴在时代的阳光雨露中,茁壮成长。

三

和李静的交谈,不时被各种事务打断,后来我不忍心给她添乱,就忙着采访别的内容,只远远看着她,调动自己的观察力。

李静的住处,就在锦绣合作社二楼,外间是办公室,里间就是卧室,一扇不起眼的门将两者隔开,没装卫浴,没有暖气空调。主人洗漱和上厕所,都要下楼,穿过院子,到几百米之外的公共卫生间。

为了节省上下楼的时间,李静的厨房,就在正对合作社大门的一间平房里,两边是厂房和发货区,方便随时丢下饭碗投入工作。厨房门口,就是寄快递包装交接的地方,摆着一张桌子,笔、本子和用具装饰着她简陋的办公桌。

吃住和工作,在这里融为一体。

毕业于四川师范大学的刘正兵,是李静最得力的助手。这个不到30岁的年轻人,放弃广州的工作,回来跟着李静助推家乡的藤编事业,已经是一位资深干将了。从他口中得知,李静的每一天,是这样开始的——

六点起床开门,扫院烧水,迎接第一批来上工的村民。每天至少迎送三拨收发货的快递员,分别是早上9点、中午12点、下午4点。主要工作即抄订单、检货、包装、出货。

全天候接待随时上门买货的顾客,周边村民送来代售的小件工艺，安排合作社会员送藤条、收货，晚上登记交货、盘点货款……常常一边吃饭，一边处理事情、接待来人……

"她从不亏工人，压货多的时候，还是交货就当场付工钱，钱都是借来的。"

"她开农家乐，就住农家乐，成立合作社，就住合作社。以前合作社厂房是由一所小学改造的，漏雨。哪怕是半夜，只要一听到雨声，她都会起床转移藤具。"

这样的日子，已经不能用忙碌和充实来形容，更多的，是辛劳和烦琐。李静日复一日，一丝不苟，且永葆热情。

她自有一种心力，享受着这样的庸常和平淡。虽没有"周公吐哺，天下归心"的宏阔，但一枝一叶总关情，在点点滴滴处润化一方。

李静的儿媳妇也有切身感受，她在洋县一所小学教书，虽然不常见到婆婆，但在儿媳眼里，婆婆勤劳善良，对亲戚邻里都很好，唯独不关心自己。

我见到这个看上去文静乖巧的李静儿媳时，她已经是一个待产妈妈，戴着眼镜，八字长刘海随意分在额头两边，不紧不慢地聊着她心目中的婆婆："厂里有个常年做藤编的妇女，丈夫得了尿毒症，婆婆不动声色地帮助她渡过难关，没有直接给钱，而是把这位妇女编的椅子树为质量高标，每把多付5元工钱。"

李静儿媳还告诉我，她看望婆婆并不多，因为每次见面，婆婆要忙厂里大大小小的事，还要操心给她做好吃的，却连个碗都不让她洗，儿媳觉得自己成了婆婆的负担，给婆婆添乱。

"婆婆在大河坎买了房子，给我们做电商和自住，一年多了，她只住过几个晚上，其余时间都扑在厂子里。"

傍晚时分，我站在厂房二楼上，俯瞰合作社大院，目光，一直追随著大院里那个最忙碌的身影——李静。她果然一刻不停歇，尽管合作社有分工，但村民都习惯了找她。

这不，刚送走一拨送藤椅的村民，又来了几个大娘，提着自己编的锅刷、竹篮，围着李静亲热地拉话。我看到，李静验完货，现场付款，大娘们把钱装进口袋，满是皱纹的脸乐成了一朵朵菊花。

在黄官镇水井村，家家户户编藤椅、用藤椅，过去，藤椅关乎温饱，现在，藤椅关乎情怀、关乎生态、关乎小康。那每一根藤条，都是会呼吸的。

我想，藤编家具之所以透气性好，是因为植物有鼻孔吧。藤条的鼻孔，会嗅到村人的气息，嗅到时代的气息。无论世人如何待它，它始终不改初心，天然的品质、天然的手法，伴着一代一代的乡亲，到天荒地老。

藤编技法并无教科书，全凭村人一代代口传心授。听村民讲，加入李静的合作社，是要过"藤艺关"的。师傅带徒弟，徒弟可在厂里学，也可由师傅上门教授。徒弟学习全程免费，师傅每"出师"一个徒弟，奖励500元。

师傅教，从枯燥繁复中开始；徒弟学，在心领神会中起步。土生土长的藤条和土生土长的人之间，自带默契。古老的藤编，让这里的人开心启智，手巧心灵。

李静和丈夫陈良顺，如今都是藤编培训的师傅，虽然重点搞管理，不亲自上手编了，但培训却亲力亲为。在夫妻俩心里，村民做藤编，技术是基础，只有技到了，才能悟道。编织之道，就是练和悟。傍一技在身，就有了一根点石成金的神奇手指。

李静心里，严师不仅是为了出高徒，更是为了对藤艺负责，对乡邻负责，对客户负责。发货前，李静要对每一件产品进行严苛的检查，去掉每一根微不足道的毛刺，特别是带四个脚的椅子，一定得装上轻便的布艺脚套。

她仔仔细细地"体检",其实是与每一把椅子作别,风风光光地把"藤女儿"嫁出去。

"客户只要退一单货,这把椅子就废了。"无数件藤编品,从李静手中雄赳赳气昂昂地出发,去每一个呼唤它们的地方,陪伴每一个有情怀的人。但也有个别垂头丧气地被退回来,那是李静锥心的痛。痛的是经济成本,更是心血和口碑。

锦绣合作社有一句宣传语:"专注成就专业,情怀铸就臻品。"原生态的人,原生态的产品,让李静活成了一根藤条,沟通艺术世界与现实世界,追求传统与现代的艺术交融、心灵与青藤的相知与契合。

合作社加上公司,有近3000平方米占地,每天人来人往,货进货出,热火朝天,但李静始终是这里的灵魂人物,像一面旗帜。这些以藤编为缘,相处了几十年的妇女,或多或少对李静有一种依赖:"只要李姐在,所有人都安心、踏实。"

从技术到艺术,指尖技艺到指尖经济,是李静的人生,更是她的使命。

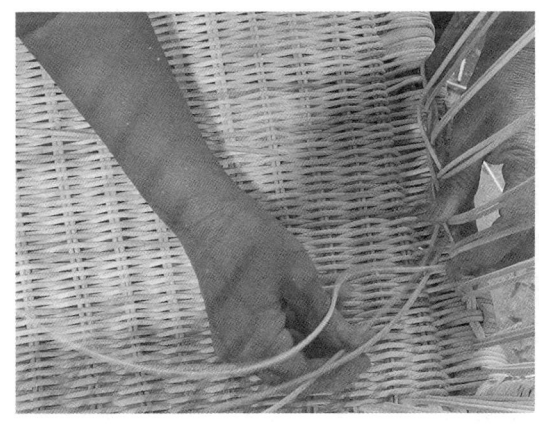
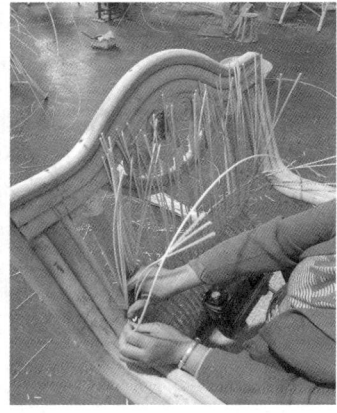

指尖走过的路

四

李静一心扑在藤编事业上,把上镜、露脸的风光,全给了丈夫。

但她的手机号码簿里,却全是"大腕"的电话:南郑区妇联刘昱村主席、城乡接合部王亚莉部长、南郑区扶贫办陈主任、黄官镇李军书记、副镇长程本立等。

在我要采访的时候,她打开手机电话簿,一一提供给我。

发光的人,注定是会被瞩目的。如今,低调的李静也有了众多的头衔:陕西省十大"三秦巧娘"、汉中市妇女手工艺品协会常务副会长、南郑区锦绣手工艺品专业合作社理事长、女企业家协会副会长……

采访李静的那几天,我和她基本上都是站着说话的。她忙活她的,我在旁边见缝插针,完整见识了她的工作状态和一言一行。

我俩唯一一次正儿八经坐着交谈,是一个雨天的傍晚,五点多,天晚、雨大,终于没有了随时上门的客户和交货人,最后一批快递也发走了,有那么一小会儿的空闲,她坐在了接待室的藤椅上,给我泡了一壶茶。

我注意到,她身后的墙上,挂着一张汉中市第五届人民代表大会代表的合影,密密麻麻的人,坐得端端正正。李静介绍说,里面有丈夫陈良顺。说着站起来,指尖一下就指准了丈夫的位置。

我忽然想起,来时查资料,李静是南郑区的人大代表,但我始终没有看到她参会、领奖、戴大红花等的照片。

也许,在李静骨子里,蕴化着夫唱妇随、贤妻良母的传统品德,她只想做村民心中的李姐、良顺的媳妇儿;也许,是李静高调做事、低调做人的秉持。

此刻,素朴的李静坐在同样素朴的藤椅上,透着一股舒服的气韵,面前藤编的茶几、果盘、餐纸盒,简约而精巧。时间耗在经纬交织中,心血凝结成流畅的弧线，藤具便有了生命。

每一件，都在默默诉说着"巧娘"的情绪和心意。藤具不言，那氤氲的灵气和田园气息，宛如她的主人。

一个器物的美，可以是精雕细琢的艺术，也可以是为了纯粹的好用。

一个人活着，可以是为了谋生，也可能是为了责任。

一个人的伟大，不一定是做了多么宏大的伟绩，也可以是影响到很多人的小事。

我想，李静的担当，是性格使然、环境使然，更是时代律动中一个坚守者的宿命。

认识一个人，是缘分，写一个人，是美好。但面对李静和李静一样可爱的人，我是忐忑的，我怕，短短几天的接触，自己的笔触无法全面开掘她。

恰巧，看到南郑工匠评委组授予李静的颁奖词，相信，这段文字，最恰当、最妥帖、最值得铭记。就用它，致敬李静：

  从一个农村姑娘到全省手工技能大赛冠军，从一枝独秀到合作共赢，她带领姐妹们既弘扬了传统技能，又编织了财富梦想，竹子和藤条的完美融合，让绿色的生活绽放出远山的诗意。

最亮的一颗星

  陈凌凯，男，25岁，共青团员，陕西凯创优品电子商务有限公司总经理。2018年毕业后，他返乡组建专业的青年电商团队，通过不懈地坚持与努力，在天猫、京东等各大网络销售平台开设店铺十余个。两年来销售当地农副土特产品超10万件。带动南郑区5个农民专业合作社年增收300万元，带动50多户贫困户及农户实现年均增收4000元以上。2019年他作为分享嘉宾出席"天猫双十一狂欢节"西部会场分享会。

——汉中好青年网络评选推介词

  10月4日下午，我约了李静的儿子陈凌凯。他创办的陕西凯创优品电子商务有限公司，就在南郑区大河坎镇江南东路，李静和丈夫在这里买了两栋单元房，一栋给儿子陈凌凯结婚住，一栋用于电子商务公司办公场所。

  我跟着导航到达后才发现，这里与汉中市区隔江相望。江滩被南郑区打造成诗经广场，周公曾来西周属地南郑参加社祭，这位"兴正礼乐""天下归心"的先贤在汉山祭天的场景，化为眼前这座雄伟的雕塑。

陈凌凯和媳妇

心里暗暗佩服李静的眼光,如果说水井村是藤编手艺的魂魄之地,那么这个人文氛围与时代气息交融的地方,无疑是藤编产品的时代原点。

坐在一家火锅店五楼,汉江的夜景尽收眼底,江岸的彩灯串成一片五线谱,荡在水面,随风弹奏,锅底腾腾翻滚,热烈地煮着时光,我和陈凌凯的交谈,就从他同样热烈的创业开始——

2016年3月,我在渭南师范上大二的时候,在淘宝开了第一个店。我学的是市场营销,当时学校有电商课程,但开店完全是零基础。同学们经常网购,我就想自己尝试一下,也开一家店。先在百度上搜开店方法,在群里求指点,一点一点打造了一个网店,把家里的藤编家居产品上了几款。

也许是我运气好,第一单竟然很顺利,有一个客户零交流、不声不响就下了单，买了两把藤椅。当天晚上睡觉时，忽然发现手机提示有一单待发货，当时还有点不太相信，当700多元真的到了账上，高兴极了，有种意外收获的惊喜。

没几天，第二单就来了。这个顾客一直在旺旺上咨询，各种疑问，从材料到工艺，到优惠价格，问得很细，说自己要下大单。当时互联网上坑很多，我忽然警觉起来，怀疑遇到骗子，但仍然很耐心地解答他。我还跟宿舍的同学开玩笑："开店没吸引几个顾客，骗子倒先光顾了。"

到了第三天，正在学校食堂吃饭，这个"骗子"客户又上线和我聊，当时网店还没语音功能，问和答都得靠打字，一下就聊了40分钟，饭放凉了我都没意识到，结果他竟然一下子下单了30把藤椅。后来我才知道他是给敬老院采购的。

刚开始这几个单子给了我极大的鼓励，如果老没有回报，就很打击人。小试牛刀后我深深意识到网店的神通，有无限广阔的无屏障的销路。我开始认真打理店铺，从店面设计、上货、拍照、文案、客服，整个环节都自己一肩挑。

别人最烦当客服，而我却喜欢。从一天解答十几个到几十个问题，对每个都尽心尽力。客服很锻炼人，以前我内向，但经过各种人各种问题的历练，有了自己的话语技巧，懂得为客户着想，用情、用心去交流，前前后后接客服6000人次之多。做客服的两年，对手机提示音条件反射，只要声音一响，无论在干什么，都会回到解答状态。即使半夜熟睡中，都能醒。

有一个客户可能上夜班，连续三个晚上凌晨2点上线，而且一聊半小时，我还坚持在线，耐心回复他。就这样一路做过来。其实聊客服还是很开心的，收获很大，在聊天时能精准了解客户的感受、评价，记录下来一一解决，有利于不断对产品进行改

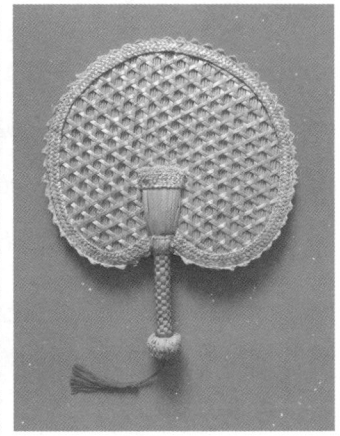

手工棕扇

进、升级。

有时候从表面看产品没什么改变,但很多细节我们都改善了。

2018年大学毕业回来,各种外出考察学习,参加政府的活动和会议,就把客服交给了专业人员,电商这边有点分心、懈怠。去年,又调整过来了。我意识到销售为王,有了销量才能反哺生产、反哺手艺,卖不出去产品就没法持续发展,非遗的传承就更谈不上。

我开店初期,淘宝店同类产品还比较少,尤其我们这边是手工全编,多年的口传心授,村民习惯了全用手工编,技艺得到了最大的保留,目前客户和市场的积累,得益于我们不减人工成本,坚持原生态,我们这是小地方,生活节奏缓慢,相对保守,很多大地方的藤编都在降低人工成本,减少手编部分。当然,也要学习大地方的创意和成熟模式,我打算多去南方发达城市走走。

之前也有很多媒体采访过我,问非遗该怎么传承?我认为最主要的一点是让更多的人享受到非遗发展的成果,并且消费非遗成果,有更多的人认识到你的产品优势,愿意掏钱购买,有了收入才会有人愿意传承。

比如我们的棕扇和藤椅类似，20世纪很多村都在做，但2000年初没人做了，因为没人买。棕树还长在那里，但棕扇却渐渐销声匿迹了。2015年我们在红庙村重启手编棕叶蒲扇的时候，很多人都说没人要，现在都用空调和电风扇，你能卖出去才怪。

最开始白庙村有5户人做，一把5~8块钱，我们通过电商平台代销，主推天然纯棕叶、纯手工的特点，居然卖得很快，供不上货，单价涨到10~12块。后来发展到150多户家庭在做，第一年卖了4000把，第二年卖出8万把，2017年卖到15万把，现在到了平稳期，保持在10万把左右。有销路、有更多人做，自然就传承下来了。

夏天南方太热，深圳打工的村民就返回村里编棕扇，三个月后再回深圳，既发展了家乡的非遗，也挣了钱、避了暑。现在村企合作建立了棕扇产业园，以后发展会更好。非遗产品不用机器，完全靠人手，你发展得越大，带动的人就越多。现在大家都认识到，非遗致富的方式很好，没有任何风险，只要想学想干，就会有收益。合作社免费教你技术，免费供应原材料，零成本入门。我们有集中培训，也有以点带面的师傅教徒弟，可在家里做，也可在合作社车间做，灵活自由，做一件挣一件。用时髦的话说，就是"只工作不上班"。

师傅每教会一个人，独立完成合格的藤编家具后，合作社奖师傅500元。村民有了宽松的工作环境，有愿意传帮带的师傅，有浓厚的手艺氛围，愿意来做，这就是最好的传承。

传承后继无人，是所有非遗面临的问题。在我看来，千万种理由，都是回报没给到位。当手艺足以赚钱养家，衣食无忧，年轻人是会被吸引的。我们要努力培养、吸引一批人，现在我们这的妇女在超市打工，收入基本都在1000多元，在藤编合作社能达到2000元，手快、艺高的能到3000元。人吸引来了，就要抓创意，抓销售。手艺学个半年就学会了，但创意不会。不能把手工艺品当成廉价品去卖，要开发一些高端产品，手艺和价格成正比，工钱自然就涨起来了。

还有，我们的发展方向也要多元化，黄官镇本地产棕，2019年贵州一家做棕垫的厂家和我们谈，需要一年提供7000吨原材料初加工产品，所以我们正在加大种植面积，准备合作。棕属于基础性的生态原料，用途多，发展潜力大，是藤编产品的一个补充。做电商面向的人群、地域广泛，得附加一些关联度高的产品，增加客户的黏性。

我还是比较重视电商的客服，和客户聊天聊得好不好，直接决定你的销量。同样一个客户，员工聊糟了，我一接手，就转化过来了。我有一个想法，电商做大后，新招聘员工时必须先去厂里干一个月，学习编织，给自己编一把办公椅子，办公时自己坐，这样才能切身感受到每一个产品的完成过程和付出的辛劳，给客户介绍产品时才会有感情，转化率高。

我也会藤编，从小耳濡目染嘛！不过那些关键的地方肯定没有老师傅掌握得好，但介绍材料、生产流程我介绍了不下几千遍，我还有一个想法，花两个月时间把编织技艺深度钻研一下，还得懂要领，我在外面跑，毕竟见得多一些，有创意，但必须更熟悉技艺后，才能把外面的创意用好，融入自家的产品。

说说我妈吧。她对我的管教比较宽松，基本上就没打骂过。我小时候比较调皮，有一次把别人家的花瓶打了，我妈拿了笤帚假装要打我,其实根本没打上(笑)。初中时我没用心学习,觉得随便干点啥都能养活自己,就一直贪玩,上高中后才理性,感觉应该上个好大学深造,开始回归学习。上了大学就想自己要干个事情,当时看到大学生(包括自己)都在网购,就做电商了。这些过程我妈都理解我、支持我。

我妈刚开始一直在编织,后来腾出手去做材料分类、加工。没有这么多员工时她和我爸自己编自己卖,现在规模大了,肩上的担子也重了,要管生产、记账、收货、质量、培训,还要关心妇女合作社、女企业家协会发展,方方面面的事儿多了,就顾不上编了。

我妈现在太辛苦,事无巨细操心,我想让她解放出来,想出台一些制度,进行规范管理,省人省心,但我妈不同意。她觉得都是打了几十年交道的乡邻,还是人情化管理好,自己辛苦点没啥,这是人心换人心的事,你对她们好,她们会回报你。但在厂里的发展方向、战略上,妈妈比较认可我。

现在,我和我妈一个管销售,一个管生产,我怕她太累,她担心我太忙,所以两人都极力做到最好,她不会因质量问题为我多添一笔退货,我不会因懈怠客户而错过一个订单。

我家几代一直坚持做藤编,但发展成商业模式最好的,还是现在。我爷那年代在割"资本主义尾巴",做藤椅都是偷着干,晚上在煤油灯下编,听到有脚步声赶紧吹灯,把工具藏到柜子下。编好椅子后也要偷着卖,换点生活物资,或者零钱。20世纪80年代初放开市场,我爷开始肩扛手提,走路去卖,然后是骑自行车,每天跑汉中,后来又扩展到勉县,时间长了知道的人多了,才打开了销路。

自我记事起,就没看到骑自行车去卖货了,但三轮车有印象,藤具占体积,路上交警会挡,只能在晚上出去卖,批发给集市摊贩。后来我家换了农用货车,跑到湖北、四川找代销,也收藤子,藤条,不够用时还要钻深山老林去找。

现在,连上互联网,从原料到销售,坐家里就能搞定。这些,我爷是搞不明白了,连我爸也感叹不可思议。之前我去拜访一个知名企业家,他说:"现在这个时代是几千年来最好的一个时代。很太平,国家发展很快,政策也好,大环境很适合做企业。"

我也深有同感,尤其是疫情之后政府更加重视非遗产业,政府牵线让非遗和电商更好地联手发展,提出电商要注重文化产业,非遗遇上了黄金发展期,我也赶上了好时代。

非遗藤编传承基地

陈凌凯坐在我的对面，侃侃而谈，他戴副黑边眼镜，两道开阔的浓眉，让青春的脸平添了几分睿智。说话不紧不慢，沉稳、理性，思维清晰。无论我的话题多分散、跳跃度有多大，他都会巧妙地扯回来，就之前的话头，继续表达自己想要说的、应该说的。不漂浮，不盲从。

从这个年轻人身上，我感知到一种思想者的明晰，一种坚持者的定力，还有对未来的明媚。

我在想，非遗藤编产业"公司+合作社+传承人+电商"的发展模式里，陈凌凯起到了翅膀的作用，带着藤编产业飞向无垠的天空。青春的他，成为藤编手工艺传承队伍中新鲜的血液、新生的力量。他在用传承和创意，证明着自己的"代别身份"。

水井村藤编手艺的传承，到了陈凌凯这一代，无论技艺、创意、影响力带动收入，都是突飞猛进的，他们将地理生态、藤编技艺，从乡野推向了世界。

现在，藤编年收入超过5000万元的销售额，通达世界的销售网络、省级非物质文化遗产的盛誉，在汉中藤艺发展史上，可以用"里程碑"这个词来记载，这无疑是藤编手艺之幸，是李静夫妇和水井村之幸。

汉水之滨，藤编之乡，藤编手工艺传承的谱系之上，陈凌凯开启了一个新的时代。他冉冉升起，成为天空中最亮的一颗星。

春风又绿水井村

一

在水井村的几天，本打算去青藤基地看看，雨一直绵绵不停，山林地陡路滑，无法上去。我挽起湿漉漉的裤脚，拎着鞋子返回，只有等到冬天再来吧。

李静的儿子告诉过我，青藤要在冬天收割，木竹也是冬天去砍，这季节它们最干燥最通透，做家具不生虫、不变形。水井村的人早已谙熟了青藤的脾性和状态，就像熟悉自己的家人。

300多户人家的水井村，生活在秦巴山区浅山地带，人多地少，但米仓山慷慨赐予这方土地生生不息的青藤、木竹。心灵手巧的村人利用上天的资源，编织青藤、木竹换物资，换零花钱，补贴家用。

当地村民相传，藤编三国时期就有，史书记载："蜀有汉原工匠马氏，以深山野藤泡而凉之，高山翠竹阴干作架，细密绕而成形，以土法熏蒸，色呈金黄，形似龙榻。初为自娱之用，后邻人知之，以为巧，纷纷钱币货之。随入市为业。"

老祖先灵感迸发，编个藤椅玩玩，不承想载史传世，竟成了子子孙孙的"绝技"。当时的无意之举，无疑沾了天时、地利、人和的光。这样的福祉，一辈一辈，一代一代，脐带一般滋养着村庄。

　　李静的公公曾是村里远近闻名的藤编高手，凭着他父亲传下的一双工匠巧手被评为汉中市劳模，有幸参加了党的十一届三中全会，成为第一批走向市场的践行者。当别人还畏畏缩缩，偷着编，偷着卖，害怕被戴"尖尖帽"时，他光明正大地带头在家里编，编好后肩扛手提走村串巷卖。后来有了自行车，从黄官镇跑到汉中、勉县，一次装七对椅子，摞起来有三米高，车头太重会翘起来，就在前面吊两个大石头来平衡。

　　几年奋斗，靠藤编手艺成了万元户，养活了一大家十几口人，购买了农用小货车，还盖起了楼房。改革开放的春风，不但吹暖了心，也让日子春风得意。

　　我专门去拜访李静的公公婆婆，两位老人都80多岁了，坐在门口的沙发上等着我。清瘦的身材、沟壑纵横的脸、结满厚茧的手，是水井村老人惯常的模样，即使老了，也腰不弯背不驼，把自己老成一件经纬交织的藤编作品。

十一届三中全会后，靠藤编手艺成了"万元户"的老人（右）

两位老人说话声音不大，吐词也有些含糊，却对当年十一届三中全会召开前后的事儿记得清清楚楚。李静的公公记得自己戴着大红花去开会，听到可以搞小农经济很激动；婆婆记得丈夫回来给自己说可以光明正大搞藤编时，她还似信非信。

现在，两位老人依旧住在当年"万元户"时自己盖的楼房里，虽然门窗陈旧、墙皮斑驳，但不同意儿子儿媳拆了重盖。这里有他们当年的奋斗，这座楼房见证了一个家族兴旺的起步，每一块砖都散发着青藤的福气。

两位老人，也像青藤一般在村子生根，悠长的时间中，从容地去摸熟藤条的脾性，像对待儿女一般对待青藤。

时间长河依旧悠然，时代巨轮却呼啸而来，藤编手艺有过风靡，也受过冷落。20世纪八九十年代，黄官藤编厂如雨后春笋。国营的、家庭作坊、外地联办的，一度轰轰烈烈，当国人转头喜欢工业流水产品、崇尚高大上时，这些厂家不胜市场之寒，纷纷倒闭。

但青藤是坚韧的，一直在生长，一直在积聚水土的力量。风和光一来，它育化的福气即刻飞播。

李静全家像青藤一样坚韧，在市场一片冷清萧索中，始终对老本行不离不弃，手持青藤任平生。十年的清冷坚守后，国人又回头崇尚生态绿色家居，珍重手工产品，当她敏锐地感知到藤编产品紧俏之时，便顺势而起。

"春风又绿水井村"，现在，全村家家藤编的忙碌景象重现。不同的是，原来是家庭作坊、家族式传承，原料、加工、编织、销售、学艺都得自己操心，现在，村民们只管舞动指尖，其他的，统统交给李静掌舵的合作社。

李静的得力助手刘正兵特意给我准备了一些合作社的资料，刚好在雨天慢慢"消化"。藤编申请非物质文化遗产项目的视频中，有一段砍藤条的场景。

村民背着藤筐，带把弯刀进山。青藤挂着一身露珠，随风微微抖动，似乎在等待这一刻，又似乎向山林告别。砍下的青藤要去叶打成圆卷，架一口大锅煮，八个小时出锅后，就可快速剥皮，经过晾晒、漂白、去节、编织、上漆后，脱胎换骨，化为器物，去陪伴主人。

青藤从高温中蜕变，从一双双巧手中涅槃，重构了新的生命，开启新的旅程。我想，青藤热爱天地间自由生长的惬意，也乐意融入烟火人间的日常，它吸纳了喜怒哀乐的灵气，和主人体温一致，心意相通。

画面上，炉膛的火苗在跃动，煮藤的村妇脸庞也红红的，额头有细汗渗出。八小时的熬煮很漫长，但在镜头里看起来，那么富有诗意——乡村的诗意、劳作的诗意。

视频播完了，雨还在下。我走出合作社大院，望向远处朦胧的山体，青藤和木竹，就在那里。我见与不见，它都在静默生长。

二

在合作社藤编车间，水井村60多岁的老村主任郑富学正在编椅垫，花纹才起底，容易跷脚，他不时弯腰拾起射钉枪，"嗵嗵"地钉住边缘。

村主任脸庞苍黑，却和善幽默。一边娴熟地编织，一边和大家开玩笑活跃气氛。紧挨着他的，是一位大眼窝、皮肤白净的老年妇人，正在给椅子架上缠藤条。

国庆节外地子女回来，很多工人在家团聚，车间只有十来人。我记起李静说老村主任夫妇都在这里编藤，便问村主任：哪位是您夫人？

村主任还没答话，旁边那位白净的妇女就抿嘴笑，眼睛却看着藤条。

有人大声告诉我：就是她，旁边那位，老夫老妻了，干活还要挨在一起。

村主任夫人这才把目光转向我，认真地说：我主要任务是看孙子，抽空来，他是主力。她把目光移向丈夫。

正在编藤的村主任夫妇

"我现在卸任了，重拾老手艺。"村主任笑着说。

"人家现在是监委会主任！"有人高声道。

"哎，主任，那你给咱普及一下，监委会是做啥的？"有人问道。

"监视当官的，不能乱花村上的钱。"老村主任响亮地回答。

"就给你个名头么，还当真？"

一群人又笑了，手里一刻不停，该弯曲该拉紧，一点也不马虎，藤条欢快地上下翻飞着。

我蹲下身，一边看老村主任编藤，一边拉话："咱这村子，为啥叫水井村？"

"以前村边有口水井，水质清冽，天旱时，方圆数里人都来挑水，就叫成了水井村。"他说。

他接着说："合作社这地方原来叫观音庙，有大佛像，还有两棵大树，树干几个人都合抱不过来，小时候我常来这里玩耍，后来改成了水井乡政府。20世纪90年代乡政府合并到黄官镇，这个地方空了好几年，李静家的藤编公司和合作社成立后，整修了场地，就扎在这了。"

不愧是老村主任，整个村庄的发展史，张口就来。我转而又暗暗嘀咕：村主任"屈尊"在合作社打工，能放下面子，还这么合群？

老村主任仿佛看出了我的心思，说："小时候家家都编藤，我还是小孩的时候都会，一路看着这行当兴兴衰衰，没想到老了，又有了咱展身手的机会，重拾手艺，这才叫回归。"

我心里顿时一亮：好一个回归！这方水土、这方天地，是人的归处，何尝不是藤艺的归处？

三

"李静人好，讲诚信，钱给得很干脆，从不拖欠工资，干一件给一件。就是一个人管那么大个厂子，太忙了。"

絮叨这些话的，是52岁的张汉英。她负责给锦绣合作社的藤椅、藤沙发制作布垫子。年轻的时候，她就认识了李静。两家的村子离得近，经常见。

张汉英说话的时候，始终不看我，一直在屋里走来走去，从堂屋到房间，又到后院，开始我以为她在找东西，后来发现她东走走，西停停，并没有目标。我只得跟着，边走边听。

她的脑后，编着一根不粗也不长的辫子，她说话的声音，仿佛不是从嘴里发出来，而是从那根随着身体晃动的辫子里发出来的。

几年前的一场肾病，让她伤了元气，不爱见人，白天埋头在家做藤椅垫，晚上失眠时，就在堂屋扯起藤条编椅子。一套垫子6元，合作社订单多的时候，她天天干到深夜才能供上发货，忙得都没时间做饭。做垫子每个月平均收入2000多元。

"就是手指老过敏"，她说着伸出手，我赶紧凑近去看，果然，指甲底部的皮肤又红又肿，还有很多倒刺。

从墙上建档立卡户扶贫政策获得表上看到，张汉英看病、娃上学、

作者（左）和巧手的张汉英母女

房屋修缮等贫困户补助她一个不漏，但屋角放着的藤条、缝纫机上的布和棉垫，也在无声地告诉我，她一直没有停止劳作。

张汉英屋前的院子里，一株猕猴桃树挂满褐色的果子，静默着秋的收获。另一边的青菜地，长势并不好，也许是忙于给合作社供货，只能任其自长。

房屋后院没有修院墙，只用铁丝网简单隔了一下，人家与庄稼，就在咫尺之间。

正值水稻收割完毕，放眼望去，茫茫一片田野，目光所及之处，唯有山的剪影，在雨中兀自朦胧。

我去的那天，张汉英的大女儿去超市上班了，丈夫外出做活，只有她和小女儿虎爱玲在家。虎爱玲上六年级，扎着马尾，穿着一件胸前有卡通笑脸的红色卫衣，细眉细眼，尤其是两条细长腿，让她看上去比同龄人高出不少。

女孩文静纯朴,不太说话,浑身上下透着乡野的灵气。家里三年前是建档立卡的贫困户,来看望、帮扶的人多了,她见生人并不怯,该干啥干啥。

我在与张汉英聊天的时候,无意发现缝纫机上,摆着一个"行李箱",虽然是纸做的,和手机一般大,但拉杆、手把、轮子齐全,箱体的空面上,孩子寥寥数笔,勾上一张笑脸。想想,拉上这样的箱子,无论走多远,笑容总相伴,岂不惬意。

我捏上拉杆,在桌上轻轻拉了一圈,纸做的滑轮居然很顺畅,忍不住啧啧称奇。

张汉英见我有兴致,喊来女儿,母女俩一件一件找,很快,手工小件摆了一桌面。毛线编的小尖帽、金鱼,彩纸叠的风铃、花篮、书签,各自诉说着主人的故事;还有一把黄纸伞,不但颜值高,竟然可以和正常伞一样流畅开合。小女孩用她的巧手,打造了一个微缩的工艺世界。

"看来,你这双做藤椅垫的巧手,遗传给了女儿,青出于蓝而胜于

张汉英女儿的手工小件

蓝呀。"我慨叹道。张汉英脸上终于露出笑容，她摸摸女儿的头说，以后要多做点，拿给老师看，学校有手工比赛的话，就参加。

一个乡村艺术新星，正在冉冉升起。指尖如有魔法，心灵手巧的爱玲姑娘，祝福你。

四

见到刘玉平夫妇时，两人刚从城固县老家过完中秋节回来，拎着大包小包回到二楼住处。听到我要采访，两人既不惊讶，也不局促，打开屋内所有的灯，大大方方地把一个小家的烟火，呈现在我面前。

屋子是套间，进门做饭吃饭，锅灶饭桌仿佛还氤氲着饭香。一墙之后是卧室，床和衣柜占据了大半面积。丈夫身材结实，一脸笑容，开朗健谈，妻子刘玉平话少，稍显腼腆，穿一件红色棉质休闲外套，肤白发黑，手腕上的一只银镯随着她的一举一动，轻轻摇晃。

我的目光从银镯移到她的手上，并没有我想象的粗糙，只是指甲四周有一层薄薄的茧。"刚开始学编织时，都肿了，做多了，手就皮实了。"她伸出手，很乐意让我拍一张巧手特写，还高兴地告诉我，自己曾被城固县妇联授予"橘乡巧娘"称号。

这对夫妻都是"70后"，两人的藤编手艺主要是20世纪90年代末在广州打工时练成的，2008年孩子到了上学年龄，就回到老家城固。但老家那边手工编织没有形成气候，小打小闹收入少，手艺也得不到提高。

夫妻俩找到南郑黄官镇，加入李静的藤编合作社，丈夫做骨架，妻子编织，带着小儿子在黄官镇小学上学。大儿子留在城固县一所寄宿学校就读，两周放假一次，夫妇俩就每两周回家一次，给孩子做些好吃的，交流了解一下学习情况。

生活有了规律，挣钱养家和照顾孩子兼顾，日子也安定下来。

从城固来南郑水井村编藤的刘玉平夫妇

    妻子刘玉平最拿手的是编篮子、椅子和花瓶，丈夫则是经验丰富的制架师，合作社里技术难度高的藤架，都出自他的手，弧度自然，造型流畅，尺寸精确。经常会有老客户和慕名而来的人打电话找他：某市会展要做个拱门架、某度假山庄藤具造型要他去维修……

    这些单子，他隔三岔五都会接几单，戏称"开小差"。

    "你'开小差'赚外快，人家李静知道吗？"我问。

    "李姐同意，她支持我赚外快，去见见世面，也散散心，只要我能保证咱这儿的骨架正常供应就行。每次我外出时，会先盘点一下，知道啥缺多少，提前赶制出来囤上，绝不误事。"他说。

    妻子刘玉平为丈夫的手艺骄傲，她自己也不落后，一边照顾孩子上学，一边琢磨编织技术，在省妇联组织的手工艺大赛上亮了相、获了奖。今年，大儿子刚考上西安一所大学，每年学费9000元。

    刘玉平算了算，孩子在西安上大学和他们在这里的生活费，每月最少3500元。但她并不担心,两口子在合作社的月收入过万元,足以有底气过好每一天。

我和夫妻俩交谈的时候,她们的小儿子在床头专心摆弄着手中的魔方,穿一件小牛仔衫,小寸头的脑门上,专意修了一缕翘起的长刘海,平添了几分可爱和调皮。

说话间,村里一个小朋友来了,两个小家伙把奥特曼机器人、玩具火车、积木全堆在床上,任意搭建组合,玩得很开心。

从刘玉平夫妇的房间出来,天已经黑了,我站在二楼栏杆前,遥望他们城固县老家的方向,在那个叫五堵镇的地方,他们用藤编的收入,盖了四间三层的楼房。

此刻,夜晚的雨幕挡住了视线,我看不到那座房舍,但他们几年前购置的小越野汽车就在眼皮底下,它静静地停在合作社院子里,随时等待着主人的调遣。

想起刘玉平的话,"现在越来越不想外出打工了"。是的,有手艺傍身,非遗产业护佑,外面的世界再精彩,也抵不过扎根村庄的踏实,和生养自己的土地在一起,和自己的家人在一起,岁月静好,身心安妥。

幸福工程

李静有事走不开,"委派"她的丈夫陈良顺带我去看藤编产业园。

陈良顺个头不高,却自带一种精神高度,说起他的藤编事业,满是激情。产业园虽然还在建设中,但他和李静早已有了布局规划,很乐意带我参观。

眼前,几台施工车在泥地里隆隆运转,阻挡了我的脚步。虽然还是一片工地,但看得出,规模不小。临街处,一座灰黑色的两层展厅已具雏形,一层全是落地玻璃窗,类似于商场的橱窗,路人可一览无余。我想,如果把那些造型别致的贝壳藤椅,或者鸟巢吊篮往这一放,茶几上再放一杯黄酒、一小碟腌菜,一定会吸引路人的眼光。

我沿着藤编产业园前面的大路走了一圈,暗暗佩服选址者的眼光,这里头顶蓝天,身依米仓山,旁边是一所名叫"蓝精灵"的幼儿园,对面是整齐的移民搬迁楼。"藤编从娃娃抓起"的熏陶和传承自不用说,仅方便搬迁村民来藤编合作社里就业,就实实在在解了当下之需。功在当代,利在千秋的远见和期冀,撑大了村人的胸怀,蓬勃了村庄的未来。

陈良顺指着后面一栋浅灰色的建筑物告诉我:依托产业园,将在那里建藤编手艺博物馆、体验馆,以后还要建藤编非遗小镇,开发以藤编手艺为主的多元产业，让非遗产业兴村富农。

这话我信。但感受最深的，要数红庙村村民。

黄官镇紧邻的两河镇红庙村盛产棕树，用棕树叶编扇子是当地村民的传统手艺。但随着空调地普及，棕扇市场没落，村民无致富抓手，成了贫困村。

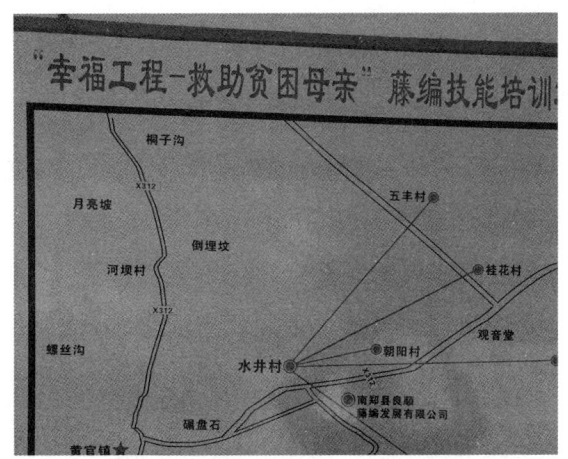

水井村藤编技能培训项目辐射示意图

李静看在眼里，急在心上，她和儿子陈凌凯商量，搭载藤编成熟的电商网络平台，对棕叶蒲扇进行宣传包装，掀起生态蒲扇风。

在电商的开路下，小棕扇一步步走向大市场，成了网红产品，红庙村也红火了。李静和丈夫借势再造势，资助红庙村建设棕扇产业园、培育棕树基地，不但把扇编技艺传承下去，还将把扇编和藤编资源整合，开发旅游。

幸福敲响家门之后，又走向明媚的前方。

此刻，想起昨天刚来藤编合作社时，大门对面雕刻的那幅画，远看是个红色的"福"字，走近细看，竟是几根线条在舞动，母亲在奔跑中抬臂，父亲仰坐屈膝，孩子轻盈跳跃，三人臂、手、腿的律动，连成一个行书"福"字。不禁暗暗敬佩设计者，既取形又尚意的匠心，让幸福像一条舞动的红缎带。

"福"字出现在合作社门口，绝非偶然。果然，我在宣传栏上看到这样的字"幸福工程－救助贫困母亲行动"。细看内容，这是一个中国人口福利基金会在南郑区的资助项目，李静担任理事长的锦绣合作社和她丈夫的良顺藤编公司，负责落地实施。

"福"字雕塑

对于政府建档的贫困母亲,李静给予多方面的关爱,逢年过节上门慰问,每年为她们进行健康检查。为了帮助贫困母亲劳动致富,合作社免费对其进行藤编技术培训,免费供应原材料。贫困母亲一个电话,就有专人上门手把手教,送原料,取件。对她们完成的合格成品,每件高于普通手工费的10%支付费用。

我想,这不但是服务到家,更到心头了。

幸福在传递,在感染更多的人。

李红英,是幸福工程中一个年轻的受益者,如今已经成了励志人物。原本务农的她,闲时做点棕编买卖小生意,生活虽清贫但也平静。没想到,公公一张食道癌化验单打破了这一切,两年多的治疗,最终没能留住公公的生命,夫妻两人却背上了一身债务。贫贱夫妻百事哀,李红英和丈夫经常拌嘴、闹矛盾,为了耳根清净,索性来李静的合作社学藤编。

李静十分关照这个"80后"学艺者，细心的她发现，李红英不仅手快，又吃苦肯干，还有生意头脑，就鼓励她别丢弃棕编老本行，现代人追求生态产品，不妨购买机器做棕垫，藤编合作社有现成的电商渠道，帮她销售。

李静的鼓励，让李红英拨云见雾，电商搭桥，产品不愁销路；政府扶持，可资助创业资金，这不是天大的好事嘛。李红英一边苦练编织技术，一边关注棕制品市场，尝试做棕垫、棕绳、棕丝。

现在，她不但是第七届陕西省妇女手工艺大赛编织类一等奖获得者，还成了藤编合作社最大的棕垫供货商。日子好起来后，她还清了公公治病的债，轻松供两个孩子上学，还在南郑区买了新房子。

李红英也和李静一样，没有满足于小富即安，而是带领姐妹同富，成立了棕制品专业合作社，带动周边贫困妇女共同致富。现在，合作社产值达1200万元，186户贫困家庭在家门口的棕制品合作社就业，会员人均年增收15000元。看到村里的姐妹们有了可以自己支配的钱，活得有尊严、有自信，李红英充满了成就感。

我没有见到李红英，李静的助手刘正兵从微信给我传来资料和照片。细细端详照片上的李红英，一个热情开朗的青春形象跃然眼前，自信的眼神、微翘的嘴角，早已不见了昔日的愁容。唯有眉眼之间流露出那一抹不服输的倔强和英气，定格了她创业路上的奋斗和收获。

她的日子，红红火火，她的棕制品事业，蒸蒸日上。

我发现，李红英将棕制品合作社起名为"康洁"，大约是取康乐洁净之意。造康洁棕品，走康庄大道，就是创业者最大的幸福吧！

夜宿黄官镇

我有一个习惯,每到一个地方采访,一定要在当地住一晚,将身心融入那里的夜晚和黎明,写出的文字,才会有地域的气息,否则,很可能水土不服。

这家叫仁诚的宾馆,是李静告诉我的,在水井村与黄官镇结合处,是离李静的合作社最近的一个旅店。四层小楼,有十来间房子,冲着"仁诚"这两个字,没有犹豫,直接提上行李去登记。老板娘没有给房间钥匙,却递过来两个透明的塑料杯。

沿着逼仄陡峭的阶梯上到四楼,才发现,房门虚掩着,无须烦劳"锁将军"。

环顾简陋的房间,确定手中的塑料杯,是刷牙用的。老板娘婉转甜柔的陕南方言,还飘在耳边,质朴的笑容里,似乎带着一抹歉意。床上的褥子有些薄,坐上去硬邦邦的,正沮丧间,发现床垫是纯棕编织的,两床之间,夹着一个小巧的藤编床头柜,想想,拥藤入梦,也算一种素朴的回归吧,顿时释然。

房间临街,偶尔有车辆驶过,车轮与雨地的摩擦声,让耳孔湿洇洇的。雨声淅沥,行人遁迹,从四楼窗口望下去,树和房屋影影绰绰,远处有间亮灯的窗子,像一双温情的眼。

青藤和藤编人，安睡在藤的气息里，两相踏实。

这个上演过两汉三国厮杀，后又因清代褒城县黄官巡检司驻地而得名的地方，想必难有如此清闲的时刻吧。

想起下午路过黄官镇时，一派平常的繁华。早在民国时，三黄、青黄、黄塘公路交汇此处，沾了交通要道的光，黄官成了有名的贸易宝地。百年风云变幻，如今店铺依然林立，家具、黄酒、豆干、腌菜的招牌最为醒目。新鲜的猪肉剁成条块状，吊起来卖，一排排的肉帘，煞是惹人瞩目。

行人、自行车、三轮车、汽车拥在一条马路上，却各自畅行；喇叭声、铃声、叫卖声此起彼伏，却并不聒噪。

幽长的时光隧道里，这块宝地总能感知到光的方向。粮油生产到了饱腹期后，20世纪80年代调整农业结构，大规模发展藤编，在藤编协会、藤编合作社、藤编专业村的引领下，以水井村为中心，辐射周围几个村庄的藤编专业户大踏步走向致富之道。

时代是一道洪流，时而将传统手艺推向阳坡，时而又无情淹没。黄官镇不是一直都有好福气。大众审美、消费习俗在20世纪90年代突转，工业化的精致与速度博得人们的芳心。热腾腾的藤艺人遭遇了冷板凳。

世风起落间，藤条兀自生长，村人兀自坚持——手艺不能丢，丢了手艺就丢了魂。

水土的馈赠、智慧的结晶、执着的坚守，成就了人和

黄官镇的指示牌

水土的和解，人与时代的和谐。

今天，如果说黄酒是黄官镇人酝酿的液体黄金，藤和藤编工匠，自然就是黄官镇的生态绿色名片。

开车从街道缓缓驶过，我要找黄官镇政府。上午在李静藤编合作社对面，看到一面竖立的弧形屏风，上面刻着《黄官赋》："……红寺水库，深若龙潭；藤编棕编，盛誉震天；能人辈出，地阔天宽……"读起来气韵疏朗，热烈磅礴。

从李静口中得知，作者是黄官镇副镇长程本立。他并不是黄官镇人，也不是作家，调来这里工作，却不愿做黄官的过客，将一腔深情爱意化作文字，向这方土地和土地上坚守的工匠致敬。

想必这里的父母官，都有这样的情怀吧。

在集市最热闹处，看到了镇政府大门，下车进去，正对一面台阶，顶上立着旗杆，"黄官镇人民政府政务公开栏"展壁，在旗杆下忠诚守卫。

正逢国庆假日，大院静悄悄的，雨中的树木蓄满莹亮的水珠，秋风拂来，一滴一滴敲着我的伞。在院中走了一圈，看着难得清静几天的办公楼，决定不上去打扰了，让政府工作人员安然过个国庆假。

我悄悄地来，轻轻地走。只需留下我的脚印，还有我的文字。

此时，思绪太多，竟无睡意，干脆打开手机，搜索黄官镇的资料，这个在漫长历史中几经分合、演变却不失繁兴，坚守古艺的地方，究竟怎样抵御着世事的变迁？

漫山遍野的青藤，何以伴着乡民的生活不离不弃？

屏幕上跳出黄官镇的地图，一片大地黄勾勒出一个不规则的图形，乍看上去，像一个背着大背包、挽着发髻、躬身踽踽前行的老妇。不知是巧合，还是天意，黄官镇政府所在地，恰巧就在妇人的脑部。

她从发黄的古老时光里走来，携着厚重的往事，还有岁月的智慧，走向无涯的未来。

这果然是一片经汉水哺育的土地。母爱包天容地，繁衍生生不息。青藤、村民，在无涯的母爱中两相陪伴，时光便也蓬勃便也如歌。

想起台湾民谣之父胡德夫的《无涯》，急忙打开音乐播放器，如诉如说的旋律在房间里弥漫：

> 当我回首俯低，
> 日月自我指尖消落，
> ⋯⋯⋯⋯
> 当我回首大地，
> 拥抱自我指尖消落，
> ⋯⋯⋯⋯
> 当我回首俯低，
> 雾霾自我指尖消落，
> 江海萧瑟，
> 茫茫的天涯，苍茫了人们的归路，
> 天涯无涯，
> 我是跨越无涯的一则传说。

在沧桑、磁性的吟唱中，那一双双在藤条间起舞的指尖，和歌声一起，拨动着我的心弦。

我久久看着黄官镇的地图，水井村、桂花村、朝阳村、五丰村⋯⋯这些大大小小的村子，像穴位一样，分布在老妇人的经脉和筋骨中。我和老妇人默默地对话，随着她的气血运行、心跳频率，渐渐坠入梦乡。

（走访时间：2020年10月）

冬篇

彩羽之下　泥土之上
——泥塑村的五彩史书

从一团泥胎出发
水与土交媾
色与线翩跹
图腾着
一个村庄的请柬

女娲造人
凤凰涅槃
赐予这方泥土
霓裳和羽衣
斑斓着
赳赳老秦的袍子

坐标：宝鸡·凤翔·六营村

凤翔，古称雍，是周秦发祥之地、嬴秦创霸之区、华夏九州之一，省级历史文化名城，被誉为西凤酒乡和民间工艺美术之乡。

凤翔泥塑是我国独具特色的一种民间美术品，产地主要集中在城关镇六营村，这里200多农户几乎家家从事泥塑生产。六营村生产泥塑的历史可追溯到六百多年前，相传明太祖朱元璋曾派部将李文忠在雍水河畔屯兵，本部第六营士兵在一个村子安营扎寨，该村因此取名六营村。

该营的一部分江西籍士兵会做陶瓷品，便利用当地黏性很强的"板板土"兑水和泥，制模捏泥人、泥动物、泥器物，并施以彩绘，作为泥玩具出售。六营村的彩绘泥塑由此产生，并代代相传。凤翔泥塑已列入第一批国家级非物质文化遗产名录。

凤翔之地

风从大秦来

此刻，我正站在秦穆公大墓最高处。

墓园里，翠竹幽幽，寒风凛凛，朝阳喷薄的金光为清冷的墓地镀上一层温暖的底色。铺着石板的小径，空无人声。眼皮下的凤翔县博物馆，还睡在秦时明月里，尚未开启新一天的大门。

时空深沉，任忠实的碑石站岗，兼做历史发言人。碑文如黑白琴键，在风中弹奏着五张羊皮的千秋往事。

索性和墓主对对话吧。

不，我没有对话资格。

人家是春秋五霸之一的秦穆公呀，这里，是他成就霸业之福地，也是大秦二百九十四年的繁衍生息、养精蓄锐之地。连最得意、最光宗耀祖的秦始皇，不都是从咸阳跋涉到他身边，在这宗庙之地加冕登基的吗？

送上三秦大地一个后人的朝拜和祭奠，总是可以的吧。

空寂、肃穆中，隐隐传来笛声，是那个善于吹笛的公主弄玉么？我不大懂音律，但也感觉到，这笛音虽欢快，却缺了山上隐士箫史的和音，未免单调。

传说中，善玉和萧史两人情投意合，笛箫合鸣，美妙的旋律引来百鸟环绕，凤凰也被音律和真爱感动，翩然而来，甘当坐骑。两人乘上凤凰翱翔九天……

虽然是个传说，但"凤翔"这个美丽的地名，却因此流传下来。

凤箫声动，天地悠悠。

眼前，虽不见鸣啾的彩羽神凤，时空的缤纷却让人思接千古。

一阵风吹来。我确信，耳边这笛音，不是幻听。环顾四周，还真发现了以翠竹当屏，面朝东方，忘情的吹奏人，只可惜，吹的不是笛子，而是口琴。一曲毕，他擦了擦口琴，装进小盒子，慢悠悠拾级而上。

平坦的观景台上，除了我，又多了这位吹口琴的人。仔细看他，60多岁的年纪，穿件夹克式黑色毛领皮衣，头发梳向额后，身材高而魁梧，一脸的平和与笃定。

想起一位朋友的话：在凤翔，即使菜市场的摊贩，都揣着一肚子历史。我便主动上前搭话，一聊才知，他是凤翔县博物馆退休干部，土生土长的当地人，每天在此晨练，偶尔吹吹小曲。

话题，自然从凤翔的历史说起。

夏商周秦更迭中，这里叫雍州、雍邑、雍县；汉唐时期，先后改为扶风郡、凤翔郡、凤翔府、凤翔县。历史脉络、重要事件，他果然如数家珍。

从他口中，我才知道唐时的"西京"，就指凤翔县。而且，这"凤翔"两字，也是唐肃宗起的。传说他在平定安史之乱最落魄时，神鸟凤凰相救，才打败了叛军。

拯救的过程，老先生讲得绘声绘色——

安史之乱时，唐肃宗李亨临危受命，登上皇位。当时，唐军在宝鸡地区与叛军对峙，这天夜里，大军行至扶风郡雍城驻扎，原本还算晴朗的天气，忽然刮起了大风，紧接着暴风雪呼啸而至。

大雪下了整整一夜，积雪眼看要没过行军帐篷了，士兵饥寒交加。突然，天边传来一声嘹亮的凤鸣，暴风雪在这声凤鸣之后，奇迹般地停止了。

继而，一只巨大的凤凰舞动着美丽的翅膀，翱翔而至，盘旋在雍城上空，一缕霞光破晓而出，太阳也升了起来，阳光铺满大地。经历了一夜寒冷的唐军将士暖和了起来，仰头看向天空，那凤凰在阳光下全身镀上了一层金光，风姿神骏，彩羽翩然，当真是仙界神鸟。

唐肃宗刚继位，喜遇如此神迹，连连慨叹天佑大唐。平定叛军后，他就把扶风郡改名为凤翔郡，后来又升级为凤翔府，成了与长安对应的"西京"，同时将雍城县改名为凤翔县，感念神鸟凤凰相救之恩……

老先生不紧不慢地讲着，略带鼻音的西府方言，听上去很有味道，字与字之间发音短促，话尾急速上扬，绵长有韵。

我品咂着凤翔地名的传说，心想，雍州不愧是一片祥瑞之地，凤凰从西周展翅，自诗经里飞出，飞过大秦，也把好运带给了大唐。这里，成为唐肃宗讨伐安史之乱的大本营，神鸟凤凰助战虽是传说，但唐肃宗龙口吐凤，御笔耀史，让凤翔神采以地名的形式，流芳于世，煌煌千年。

大唐诗圣杜甫，安史之乱中冒着死于叛军乱刀之下的危险，从长安城逃出，历尽艰辛寻到这里，投奔唐肃宗，辅政皇帝，一展保家卫国的抱负。

脚下这片土地，头上这顶太阳，是忠实的陪伴者、无言的见证者。

岁月风干了一切，历史却肥沃生长。

告别老先生，下了台阶，发现一座灰瓦重檐的碑亭，大红廊柱后，是一面碑石景观墙，玻璃罩里镶嵌的，全是历代名家真迹。

朝阳穿过尘埃，照在黑黑的碑面上，古人的字和画在第一抹阳光下纷纷苏醒，友好地打量着我，七嘴八舌诉说着自己的身世。

一组梅兰竹菊图，以四条屏的形式，亭亭在我的眼前。梅枝立垂交错，菊竹俯仰生姿，极尽绽放之意趣，又蕴含人生起伏之寓意。挺拔的运笔，舒展的韵姿，散发着北宋的幽香。

那时，绘就它的主人还不叫东坡。梅图的印章告诉后人，他姓苏名"轼"，只是凤翔府一个签书判官而已。他刚刚考入"体制内"，尚无从政经验，却把个东湖治理得水如泉、柳如画。饮凤池、喜雨亭、东湖柳……个个有故事、处处生诗文。

细细欣赏梅兰竹菊图，其中一幅立梅图右边，刻有"东坡"字样的印鉴，显然是苏轼因"乌台诗案"被贬黄州之后的作品。不知是哪位"轼粉"，把它从遥远的地方辗转带回凤翔，留在苏轼的初仕之地，其间有着怎样的故事，不得而知。

风云流转中，东湖成就了东坡，东坡也成就了东湖。

江山还需文人捧，但只有像苏轼一样，跳动着一颗为民之心的文人、一个散发着梅兰竹菊之风的文人，才永恒了时光。

东湖柳·姑娘手

我与东湖的这场初见，是在寒冬，她最"瘦"的时候。褪下纷披的翠色，尚无雪景的粉饰，袒露着骨魂之美。

古榆、古柳、古亭、古碑、古石，终于清静下来。落在身上的目光少了，是该趁着这空隙，回到各自的时代，养养身心了。

湖面冰冻，银铺玉砌，几只鹅依然在上面觅食、嬉戏，厚厚的冰面映出白毛红腿的倒影。古柳闭上它的细眉凤眼，留下空枝向寒风。

我一向惧寒，大冬天会跑到这园子里来，还不是因为它生在凤翔之地，又被苏轼一手捧红？

很早就知道凤翔县有"东湖柳、姑娘手、西凤酒"，谓之"西府三绝"。西凤酒早已品过、醉过，东湖柳正在冬眠，这姑娘手，注定会是我此行在凤翔最大的收获了。

东湖这地方，果然有灵气，冥冥之中，"姑娘手"竟在此处等着我。

穿过一处小桥，遇见几座红廊翘檐、雕梁画栋的建筑，匾额上"会景堂"几个大字吸引了我，这不就是苏轼"居民惟白帽，过客漫朱轮"诗句中写到的亭子么！门柱上却有一幅牌子："凤

冬荷

冰上舞者

翔县冯芮爱民间手工艺品专业合作社"，心下一动，不再管它是景点还是合作社，进去看看。

敞开的红色朱漆大门里，一片缤纷：虎头枕、虎头鞋、虎头帽披肩、虎脸肚兜、布

冯芮爱各种会议代表证

老虎……无数双圆溜溜的虎眼睛好奇地看着我，浓郁的民间气息扑面而来，仿佛身处一个庆贺新生儿满月的现场。

细看，老虎的眼睛下足了工夫，彩布一层层围成圆圈当眼眶，眼球上点缀彩光亮片，突鼓如灯，几乎要掉出来。缠了五彩的线棒当鼻子，眉毛、胡须、额头的"王"字，都是彩线手绣，配色热烈，造型夸张，

冯芮爱合作社展示的虎头枕

风格粗犷，但耳朵、眼睛、脸盘却浑圆卡通，看上去虎虎生威，又憨拙可爱。

展厅两侧各有套间，左间挂满木版年画、马勺脸谱、木梭等凤翔经典风物，右边是布艺刺绣工作间。信步走了进去，琳琅满目的刺绣品展台前，一个高个子，穿深红色长棉衣的中年女子，正在和顾客说话。她快言快语，一看就是麻利人。

导购告诉我，她就是合作社的头儿，叫冯芮爱。

冯芮爱在凤翔县冯家村土生土长，却没有凤凰华容彩羽的庇护。她童年的穷苦，不亚于卖火柴的小女孩。11岁时父亲去世，哥哥、弟弟一个个身患怪病，相继瘫痪。家里四处借钱、贷款看病，日子恓惶，又遭村人的欺负，母亲被击垮了，精神几近崩溃。

关键时刻，冯芮爱站出来，撑起全家生活的重担，在地里耕作、放羊，干着男孩子都皱眉的活儿，并且发誓照顾全家，将来嫁人就嫁在本村。

老天爷也许被这个小女孩感动了，赐予她艺术细胞。冯芮爱发现自己喜欢画画，干活休息时，就用树枝在地上画，看见鸟画鸟，看到树画树；拔草时，仔细观察各种野花盛开的样子，默记在心里。

那时候，外婆常来帮忙照看，老人有一手好手艺，她就跟着学，帮外婆在鞋垫、枕套、门帘上画图案，居然画得有模有样。

慢慢地，她能独立画图样了，村里不时有人找上门来。

有一年，村里的小学请她去食堂做饭，她到彪角镇买肉时，看到一个老年妇女摆了个小画摊，帮人画刺绣图案。她看了看，觉得自己也行。得空时就拿上小板凳，找一块木板搭在腿上，也坐在街头画。

那年头，年轻女人很少出村，更无人抛头露面去摆摊的，丈夫知道后，踢翻了她的画板。但倔强的冯芮爱没有放弃，认定这条路可走。丈夫每天出门干活后，她就骑车去镇上，偷着摆摊子。

前三个月,她把村里人让自己做的活特意拿到街头的摊位去做,地上铺块塑料纸,摆上各式图样。"有人来画,我不收费,先把人气烘上来,工商的人来收摊位费,我都自己垫着。"

几周的现场展艺后,有人找她做活了,从一个两个,到一拨两拨,她的画摊,在镇上扎了下来。

过完年后,镇上过庙会,人山人海。她干脆把画摊摆在庙会小广场,现场绘画,摆上许多自己绣的门帘,观众围得里三层外三层。丈夫看到很多人围在那,也跑过去看热闹,一下子发现了妻子的大秘密。

当时,冯芮爱刚画完一幅门帘图样,一抬头,恰巧看到丈夫拨开人群,阴着脸正朝她走来,她的心一下子提起来,准备着迎接一场暴风雨。没想到,丈夫在她身边站了几秒,开口问了句:

"你吃了没有?"

"还没呢。"她说。

丈夫再没说话,拧身走了。再回来时,手中提了几个包子,递给了她。

多少年过去了,她一直记得当时的场景。丈夫的默许,使她放开手脚大干起来。七天庙会下来,竟赚了560元。

冯芮爱成了小镇上的名人,有人又请她帮忙刺绣。她画图样都忙不过来,没精力亲自绣,就托付给别人。一来二去,刺绣活儿越来越多,合作的绣娘也越来越多。

1990年,她创办了"诗雨刺绣工作室",是当时彪角镇的第一家,画、绣一条龙服务。如果有人想学,她还会手把手授艺,很快在镇上有了影响。

无人指路,她就自己探路。少年的苦日子磨炼了她,成年后的眼光和魄力,成就了她。

几年后,冯芮爱滋生了去县城看看的想法。她对丈夫说:"凤翔在哪哒,我都不知道,咱俩得走上一趟。"两人骑上自行车来到凤翔县城,冯芮爱在东湖公园游玩了一圈,直觉告诉她,这里人气旺,是个摆摊的好地方。

这一趟进城,直接促使冯芮爱把画摊摆到了县城。村子到县城,骑车单趟也得两个多小时,冯芮爱风雨无阻。从在东湖边摆摊,到2006年将民间工艺工作室入驻东湖景区,她整整骑车跑了八年。

非物质文化遗产政策的阳光,一路照耀着她。2011年,冯芮爱在东湖成立了民间手工艺品专业合作社,为扩大业务范围,她从布艺刺绣扩展到彩绘泥塑、马勺脸谱、皮影剪纸、麦秆烫画等,手艺人的天地更大了,带动就业的人数也更多了。

从工作室到合作社,升级的不仅是规模,更是一种时代的召唤,一种从一枝独秀到百花齐放的胸怀。

如今,冯芮爱的手工艺品合作社在东湖扎根十三年了,这里,是她的一扇窗口,五湖四海的游客,欣赏完东湖的美景,再带走手工艺的温度,深深记住凤翔的"东湖柳、姑娘手"。

我想,姑娘手,就是冯芮爱将手工艺展厅设在东湖的意义。

冯芮爱笑着说:"虽然我已经是老婆子的手,但带动了姑娘手,所以我的手永远是姑娘手。"

在冯芮爱的办公室,我见到了她正在写作业的孙女,秀灵的小姑娘像她奶奶一样,也喜欢绘画和手工,给芭比娃娃做衣服、为兔子笔筒上彩、画蜡笔小新……墙边、窗边、茶几上,都摆着她的作品。

桌上,放着一幅小姑娘尚未完成的马勺脸谱。我发现,线条勾勒、色彩搭配颇有灵气,艺术感觉很好。

冯芮爱心头有一个遗憾,当年女儿对绘画和刺绣的热爱,比自己更深,一心想上西安美术学院,丈夫偏偏出了大车祸,钱看病都不够,无力负担女儿的学费。最终,女儿与心仪的西安美院失之交臂,违心去参加会计培训，早早就业。

"上班前一天，女儿哭着，把自己画的画全烧了。"多少年过去了，那个场景，一直刺痛着冯芮爱的心。

我没有见过她的女儿，但我想，虽然与所爱的绘画、手工艺暂作告别，她心中的热爱不会灭。

告别画笔的女儿是失落的，冯芮爱却是孤注一掷的："娃当年还有别的路可选，我没有选择，硬是一路拼了过来。"

现在，沐浴着国家扶持非遗文化的阳光，她把自己拼成了陕西省妇联首届十大"三秦巧娘"之一、宝鸡市非物质文化遗产刺绣传承人。受各级邀请参加交流展示会，赴新疆等地传艺，多次成为媒体镜头里的主角。

比母女俩人都幸运的是，家里的第三代——冯芮爱的孙女遇上了好时代。温饱无虞、上学无忧，在奶奶的熏陶和支持下，尽可以去做自己所爱。

现在，孙女一到节假日，就泡在奶奶东湖的合作社里，在挂满手工艺品的屋里写作业，绘画，做手工。她，是奶奶的粉丝，也是奶奶的未来。

冯芮爱热情带我参观合作社展品，我看到展架上一幅刺绣作品，红色绸布上没有任何图案，只用黄丝线绣着一句话："因为价格离去的客户，还可能回头；因为质量离去的客户，永远不会回头。"

不用问，这显然是冯芮爱的信条，也是合作社一路走来，越走越好的法宝。

现在，合作社里的社员们，只管专心提升手艺，做好每一件产品，至于销售、设计、寄送，都由合作社担着。在冯芮爱的带领下，社员的产品不仅在国内畅销，还销售到日本、韩国等地。

我和冯芮爱聊天的当儿，门帘忽然被掀开，露出一位60岁左右老妇人的脸，头巾包着头顶，两头的巾角扯到耳后，顺便裹了嘴巴，起到了口罩的作用。冯芮爱高声招呼着:"哟,老嫂子,你来咧!"

老嫂子一进来,就自顾自地坐在沙发上。言谈间,我得知她是合作社的老社员了,这里,是她常来之地。交货、领钱、聊天、切磋技法,物质和精神,都有了着落。

我想直白地问问这位老艺人,在合作社月收入多少,但直到离开也没问。

无需问,她的精神面貌,已告诉我了。

站在会景堂门口,正午的阳光正暖,湖面、柳树、小桥、碑亭都映射出明媚之光。不知怎的,我忽然想起清寂的夜晚,就问冯芮爱:你晚上住这吗?

"住呀,晚上,东湖就是我们一家的东湖。"

我脑里立即出现一幅画面:一个人,披一身月光做活;一家人,拥千年湖水而眠,还有百年的柳树站岗,是怎样一种感觉呢!十三年来日日夜夜与这千年湖水、亭台楼榭碑石长相伴、长相知,它们,自然会赋予人灵气、运气。

她在守湖,更是在守艺、守心。

想想,冯芮爱跟这东湖注定是有缘的,她的坚强、乐观、仁心、聪慧,甚至倔强,不就是东湖曾经的主人——苏轼的品德吗?

东湖四季变换,不变的,是一个如柳的女人,用巧手、用心灵染就的色彩。

走出很远了,回头一瞥,冯芮爱红色羽绒服的身影,还在目送我。

她把自己站成了一道风景。

彩翼深处

一幅巨大的挂虎,高高雄踞墙头。远远瞧上去,那圆溜溜的憨目,如日月同圆，加上满面彩饰，不就是天地祥和的模样嘛。

心中疑惑，这凤翔泥塑代表形象挂在人群熙攘的街头，是附近有代售点，还是仅仅作为形象宣传画？

转头朝左看，正对大门的平房屋檐上，装了一排木版年画、剪纸、皮影图像展板，门神秦琼、敬德威风凛凛，泥塑马、泥塑羊憨态可掬……再向大门口一瞧，注意到白底黑字的牌子：凤翔县非物质文化遗产保护中心。

嘿，不愧是文化强县，短短一条文化路上，连看了药王洞、秦穆公墓、碑亭、博物馆，这刚走几步，又冒出来个非遗中心，处处让人不容错过。

循着指示牌走进大门右侧的小楼。一位管理人员跟了进来，为我打开了全部的灯。

一个绚烂多彩的世界，顿时呈现在眼前。泥塑、刺绣、剪纸、布艺、漆画、麦秆画……凤翔的各种手工艺精品集结在这里，群芳斗艳。

我不知道是谁的指尖，给了它们生命。只在遇见的这一刻，瞬间被它们掏走了心，陶醉于美的绽放。

站在这些麦秆制做的孔雀、提篮、窗花、红肚兜、虎头帽中间，旧时光的闸门忽然打开，屋檐、炊烟、麦田、小河、母亲的纺车、小伙伴的豁牙、田园的记忆扑面而来。

这些家家都曾有，村村可曾见的生活，如今，静静集结在这个温室里，或挂在墙上、立在地上，或陈列在展台上。

它们，与时代告别，却与时光握手。于是，被赋予一个高大上的名字：工艺品。

麦秆编织的彩凤、黛玉拎花的挎篮、泥胎塑成的秦始皇……来不及细细欣赏，只有拍，不停地拍，恨不得把整个展厅装进镜头带回去。这大名鼎鼎的中国民间手工艺之乡，果然名不虚传。

墙上一面中国红门帘吸引了我。

帘额上，飞舞的祥龙与彩凤四目相对，一左一右，把身体环绕成一个大大的"囍"字，左绣一女童骑凤瓶，右边男童叉腿站在形似龙腾的花瓶上。

五色彩布压成花边，为这幅喜庆的图案镶上边框。花边设计成波浪

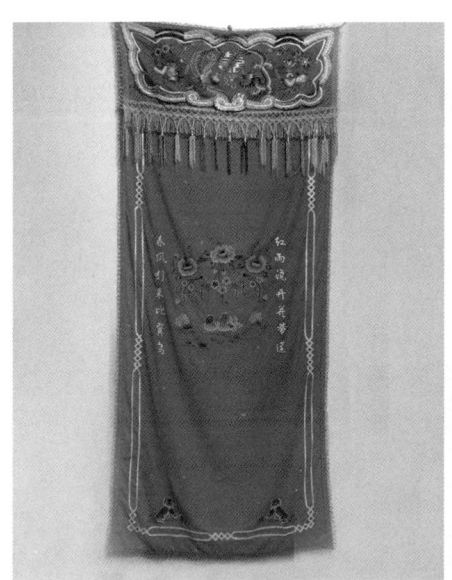

门帘

牛人

泥塑秦始皇

肚兜

形状，恰似一个翘着耳朵的虎头。

门帘正中，手绣一幅花团锦簇的鸳鸯戏水图，黄色彩线绣成的对联护佑两旁：春风引来比翼鸟，红雨浇开并蒂莲。

浓郁的民风民俗，全集结在一面红帘之上。不知是哪一位"姑娘手"，绣尽胸中浓情蜜意、洞房花烛的美好。

我不由朝门帘跟前走了一步，仿佛一跨腿、一抬手，就能掀开它，走进花好月圆的红烛时光。

从花团锦簇的非遗馆出来，在街头忽遇秦穆公，面东而立，高冠长髯，昂头挺胸，目视远方，一手握箭柄，一手抬起，指向未来。巨大如帐的袖口，匹配着他的雄才大略。

虽然只是铜质雕塑，但那谦逊又霸气、肃穆又亲和的形象，惟妙惟肖，神态逼人。

凤翔街头秦穆公的雕塑

不远处，还静立一组多人雕塑，定格了穆公赐酒的场景。这个流传千年的仁义故事，润化、涵养了这片厚重的土地。也许正是雄才与仁义的加持，成就了秦穆公春秋霸主的大业。

此刻，文化路上人来车往，除了游客，很少有本地人停下脚步，注目这组霸主雕塑。我想，本地人的血脉里、精神上，早已融进了大秦的气质、气度、气场，无须刻意。

一个蹒跚学步的小男孩，挣脱奶奶的手，迈开小腿，一步步挪到雕塑跟前，好奇地摸着，后来干脆翘起小腿向上攀，试着爬到雕塑上去。奶奶打完电话，从后面追上来，朗朗喊道："哎哟，这个不能爬，可是老祖宗呢。"

晚饭后，走出宾馆，步行至东大街转盘十字，想去看看凤凰的雕塑。当地人告诉我，沿秦凤路走，看到县政府，就到了，凤在转盘十字。

走了不远，果然看到交通转盘，花坛簇拥间，耸立着一座展翅飞翔的凤凰雕塑，曲线简约玲珑，彩翼翩然，凤眼看向远方，长长的尾羽如云朵，携一身祥瑞之美，在霓虹闪烁的夜空里，泛着神秘的色彩。

也许它刚刚在东湖饮过水，眼波流转，浑身透出灵性之光，蓄满飞翔的力量。

凤翔街头的凤凰雕塑

大秦的风、凤凰的彩，在这片土地上氤氲千年。它们注定要和东湖之美、酒香之韵、手艺之珍，一起汇入时代的滔滔长河。

凤翔天空，土栖大地。人在其间，用手艺和灵魂，连接千古。

1月29日，就在这组稿件即将完成之际，忽然看到省政府网站上出现一条重磅消息："国务院同意我省撤销凤翔县设立宝鸡市凤翔区。"

仔细看内容，才知道宝鸡空港新城、机场都即将在凤翔建成，凤翔将成为宝鸡的副中心城市。这只从历史深处飞来的金凤凰，正翱翔长空，每一片羽毛，都扇动着岁月的芳华。

六营村的请柬

一

去六营村前,我问村里"90后"姑娘胡锦媛:从凤翔城区到六营村,还有多远?

电话那头,一个脆生生的声音说:车程就五六分钟。

心想,民俗味这么浓的村子,竟离县城这么近,游客一脚油门,就能在"中国泥塑第一村"打卡,它不出名才怪。

果然,十字路口拐向东南方向泥塑,一条笔直宽阔的马路,直通六营村。

远远的,一只大座虎头顶蓝天,雄视前方,威武霸气。无数次在电视上看到这座巨型"泥塑坐虎",不用说,六营村到了。

下车拍照。用镜头拉近细细观赏,只见虎目滚圆,眼珠鼓起,黑如弹珠,两耳高耸,平添憨萌可爱之气。身披红绿、黑白、黄色与桃红六色祥瑞花朵彩绘,前腿上,蝙蝠和祥云围绕着一句吉祥语:四季平安。

它,高高守护着古村六百多年的四季更迭,向着未来"虎视眈眈"。

在巨型坐虎的对面,中国泥塑史的大型景观壁画,徐徐展开,从女娲团泥造人、西周铸青铜器、秦人造兵马俑,一直画至当代的十二生肖、壁上挂虎,无声诉说着泥塑艺术史。

坐虎泥塑

进村路口,左右两个威武的泥塑门神,护佑着冯骥才先生题写的"中国泥塑文化园"几个大字,平添了六营村的神秘气息。

各种凤翔泥塑经典造型、八仙过海塑像、木版年画,以大扇形布局,巧妙点缀园中。走到正中位置,一面展示墙挡住视线,登上生肖邮票图案的平安马、富贵羊,正站在国家名片上,静静看着我。

还没进村,感觉自己先走进了一个没有围墙的博物馆。

六营村的仿古牌楼高高矗立,青砖墙散发着远古的气息,厚重的木框门沧桑质朴,高低错落、层次丰富的灰檐翘角,似乎与天上的白云联结在一起。门楣上"泥塑村"三字楷书,拙朴秀劲,像一位目光炯炯而又慈祥的老兵,注视着眼前的车水马龙。

游客、朝圣者、美院学生、媒体人、考察者、代售商……

无论谁来,都会在"老兵"的眼皮下打卡。

也许,这沧桑高古的牌楼,就是朱元璋屯兵的第六营部队里一个个将士的化身吧。

明洪武年间，朱元璋领军的部队耕战结合，将士镇守边关边耕种，边守城。驻扎在这里的第六营士兵，很多来自江西一带，偶然发现脚下的土黏性很强，和他们家乡制陶的土质相近，就和泥捏个泥人、泥动物，自娱自乐。

战事停息，时光流转，第六营的官兵在这里娶妻生子，安家立业，泥塑手艺一代代口传心授，渐渐就风靡起来，成了"泥耍货"和送人的祥瑞之物；拿到庙会上售卖、拉到外地换物资，养家糊口。

传承着第六营士兵的血脉，泥塑技艺从遥远的时空一路走来。爷一辈、父一辈，子一代、孙一代，牢牢恪守先祖的传统手艺，把手艺人的信奉和敬意，凝结成为一个村名：六营村。

六营将士的泥塑手艺，始终是这个村庄的情感纽带、共同记忆。漫漫岁月中，它生长、鼎盛、衰败，又复兴。像一棵历经春夏秋冬的树，根深叶茂，努力汲取时代的阳光，为后世撒下一片荫凉。

站在村口朝里望，青砖街道、黛瓦门楼，一派开阔的古色。门楼下立着各家宣传泥塑的易拉宝，晾制着泥塑牛、马、虎的半成品，它们尚未描线、上彩，光溜溜的泥身围拢在一起，兀自在"营地"里晒着阳光浴。

绕过这些"千军万马"，走进门店，家家流光溢彩，浓墨的泥塑、重彩的马勺脸谱、艳丽的木梭、喜庆的年画，五彩斑斓。大俗大雅之韵，饱满热烈之风，迎面而来。

正细赏粗犷的脸谱，目光又勾上憨萌的动物，仿佛一脚踏上秦腔舞台，一脚跨进了童话世界。

这些夸张的线条，都是有根的。也许出身于远古时期的饕餮纹饰，也许来自春秋战国的图腾文化，也许和汉唐时期的祭祀器物同宗同族。这些，都有讲究。

仔细观察，我发现，泥塑上看似随意的色彩，其实是有规律的。所有的花都是粉的,所有的动物四肢都是红色,所有眉头重点部分都是玫瑰色的。用现代的眼光来解读,它们清浅、浓烈相得益彰,也许艺人是想将水的柔、山的刚、火的烈都画上去。

六营村胡新明建的艺博园的凤翔泥塑展板上,有这样一段文字:

> 八十年代末在六道村发掘的古墓里,发现了很多汉唐时期的陶人、陶牛、陶马、五毒八卦镜等,造型和制作工艺流程与现代的凤翔泥塑同出一辙。

这些重见天日的泥塑,冥冥之中带着老祖先的旨意,就是为了与后世相遇,用自己的"高寿",开启历史文化的生命密码。

泥塑没有肉躯,但有灵魂,它们的灵魂附在村民心中,跳跃在手指尖,与厚重的大地同频共振。

六营村的牌楼

六营村代代敬畏土地，无论是泥塑景观街所在的六营村三组，还是其他几个村组，常会看到门楼旁立着雕龙脊、贴琉璃瓦的土地神龛，精致地微缩在屋檐下敬奉着土地爷。"土中生白玉，地内产黄金"，女娲用泥土创造生命，村民用泥土繁衍生活。

正是民间对土地的信仰和虔诚，才使泥塑手艺繁衍到今天。

我在村里的这几天恰巧有老人离世，门口摆着花圈，门框贴着白对联，不时有穿白色孝服的子女、亲戚进进出出，神情犹如蓄雨的天空。

我确切地知道，一年前，村里也上演过这样的镜头：泥塑大师胡深离世。我从很多艺术家的朋友圈看到，元旦期间，长长的六营村街道两边，摆满挽联和花圈，各界人士络绎不绝，从四面八方赶来，悼念这位用整个生命与泥塑相伴的泰斗级人物。

天地间，时光里，生死在发生，泥塑在继续。

二

比天空醒来更早的，是六营村的艺人们。

睡了一夜的人们和等了一夜的泥料，开始新一天的对话。

游客还没来，村庄静谧。艺人和天边的晨曦、初升的朝阳、草丛的露珠一起劳作。

从做毛稿、翻坯、打磨到添彩、点睛，手指和心共同合作，一点点给泥塑注入体温和心跳。一个个泥塑马、羊、虎在主人的手中渐渐泛起灵光。

我迎着刚刚露脸的朝阳来到六营村。街道无人，更显古朴和宽阔。难得一见的清冷中，随便推开一户泥塑人家的门搭讪，主人并不意外，还挺乐呵。男主人告诉我："从小看大人干，帮大人干，就学会了。"女主人则说："从小喜欢画几笔，嫁过来自然就干这个了。"

父母、父母的父母，就是老师。前辈的泥塑作品，就是老师。熏陶和言传身教，成就了泥塑的口碑，也成就了泥塑人的品质。潜在时光深处，匠心制作，用巧手捏就千姿百态，用心灵染就五颜六色。

艺博园里，一位老年妇女正在用一截下水管擀泥坯，碾薄后，扣进模具。一边做，一边供游客欣赏工艺。时不时有游客围着她，问这问那。待到人稀少时，我蹲在她身边，仔细看。

她得空了，手把手教我做牛："把团好的泥擀开，像摊饼一样，薄厚凭经验，大概5个毫米，然后扣到模具里，把边边角角捏实，半个半个做，然后两个一拼，合上，再打磨打磨，造型就成了。"

我轻轻抚摸她刚粘好的一个泥牛，手触到牛身的那一刻，感觉可爱的小牛似乎要低头抵过来了。

做好的泥牛一排排站在靠墙的展柜上，它们头顶的墙面展板上写着两句顺口溜：

泥货没本，越做越紧。
宁舍二亩六分地，不舍周公灵山会。

每一句，都注有详细的文字解释。还没细看，这位老妇人快言快语告诉我："每句话，都辛酸得很。"

原来，过去六营村的人穷，对泥货又爱又怨，每年二月到五月，庄稼要除草，泥货要上庙会，在两难中，不得不担着泥货去庙会卖。明知会误了庄稼，但还不得不做，否则，"点灯的油，做饭的盐，点火的火柴就都没着落了"。

很多年，六营村的人都在做着这亏本买卖，日子越过越紧。

20世纪90年代起，旅游兴起，人文资源开始熠熠生辉，非物质文化遗产成了各地的宠儿。六营村的"泥耍货"手艺一下子搭上了经济发展的快车,插上了翅膀,出现在国家级、省级博物馆和展厅,上了电视、报纸,成了凤翔泥塑的发源地和盛产地。2002年起,连续两年登上国家生肖邮票的主图,四年后,进入首批国家级非物质文化遗产保护名录。

名气打出去了,名望和名誉都有了,六营村柳暗花明。五湖四海的人都跑来参观,中央美院名校师生频频来考察、研习,连外国人都频频光顾六营村。

小乡村变成明星村,而且是一个有国际范的村庄。民俗风情的浓厚、土地的深沉,让土味儿的泥塑和制作它们的村民一次次漂洋过海。

20世纪90年代末,美国总统克林顿偕夫人来陕西,兴致勃勃地观看了六营村村民的泥塑表演……

民族的,就是世界的。六营村的每一块土、每一个人,都把自己活成一张请柬。

艺人掌心的泥团、指尖的彩笔,绘出古老的纹饰。风干的历史,在时代的馨香中热烈绽放。

泥塑,由"耍货"变成金蛋蛋;从小打小闹,集结成致富产业。

原来破旧的土坯房子,政府集体统一改造,家家住在气派古朴的明清仿古房屋里,呼吸老祖先的气息,继承老祖先的泥塑技艺。广场建设、村容村貌,都融为泥塑产业的一部分。

现在,六营村每天车水马龙,人气来了,带动了马勺脸谱、木版年画、皮影、美食……

思绪纷纷间,这位老妇人已将翻坯后的两片泥牛合好,边仔细修整缝隙,边感叹道:"连卖糖葫芦的都赚了钱。"

我把目光从泥牛转移到这位老妇人身上,她戴着玫红色毛线针织帽,系着同色的格子围裙,连脸庞也红红得。正低头忙活着,热情和善意全在话头上。起初还是我问一句她答一句,渐渐就打开话匣子,表情活泛起来,话也随意了。

一个小男孩好奇地走过来，蹲在老妇人身边，睁大眼睛看着。老妇人掀开身旁盖泥巴的塑料纸，揪一小块泥团给他，小男孩拿在手里捏来拧去，显然不知道要捏成啥样，一蹦一跳地去找妈妈。

老艺人正在为泥塑牛上彩

老妇人告诉我，大多数村民都在家做，她喜欢在这游客多的地方做，眼宽，天南地北的城里人、五湖四海的外国人，都见过。她对自己的生活很满意："我都65了，这么大年纪，到哪挣钱去？现在碰到了好时候，在自家门口就能挣钱。"

我想，她口中的这个好时候，不就是国家大力扶持非物质文化遗产的好时代吗？泥塑艺术迎来黄金时代，无疑是个人之幸，村庄之幸，家国之兴。

三

连续三天，我都在这家民俗饭馆吃饭。

第一天去，纯属误打误撞，参观完艺博园，忽然发现园中后方有一小侧门，闪进去，饭菜醇烈的鲜香，瞬间就盈满鼻孔，我的胃，在那一刻咕咕叫开了。

原来是一家美食馆，一不小心，竟抄了近道。干脆就在这儿慰劳一下辛苦采访的自己。

在紧挨取暖壁炉的桌子坐下，红红的火焰跳跃着，把热情从暖风口送来，身体一下就安适了。点了菜，没有老老实实在座位上等，信步在饭店参观。明天有几位朋友要来，我刚好踩踩点，瞅一个接待吃饭的地方。

大厅的桌布，统统是蓝布印花，四周一圈雅间，木格子窗、绣花门帘绵绵相依，静候来客。窗台上头对头摆放着的泥塑马和泥塑牛，正在说着悄悄话。

饭馆正门正对着空阔的麦地，单坡翘角屋檐，精致质朴，门匾上"凤翔食府"几个金色大字，笔势飞扬，特别是"凤"字，婉转多姿，像鸟扇着翅膀，欲归于林。细看，竟是国家级泥塑传承人、工艺美术大师胡新明题写——他原来还有一手好书法呢。

两边对联："三秦美食数西府，西府美食在凤翔。"门神站立两旁，人未进门，先有一种祥瑞、踏实感。

六营村的食府

烧茄子和关中烩菜很快呈了上来，热气氤氲着熟悉的味道，夹一筷子入口，茄子肥嫩，芡汁浓稠，醇香绵长；烩菜盛在青花瓷的大老碗里，汤汁味道丰厚，不浓不淡，恰到好处，尤其里面那丸子，团得细腻紧实，若非上好肉质，是做不出这等口感的。

菜好，米也不将就。家常的米饭，盛在粗瓷小碗里，纯朴得像乡野的女子，还没端碗，天然的米香已溢满鼻孔。任是谁，在这样的香气里，也得胃口大开。

在人流如织的景区，能吃到这等品质的饭菜，难得。心想一定很贵。买单时，已做好挨宰的准备，不料，价格却很平民，远低于我的心理预期。

最后一天采访结束，来这里时已过了午饭时间，只有零星几个游客。大堂收银的女孩有了空，主动过来和我聊天。原来，这饭店才开业两个多月，不图赚钱，权当是给来六营村的游客提供服务，休息、用

食府雅间的门帘

餐、赏泥塑，也能多留一会儿。

为了匹配六营村泥塑的声名，老板的宗旨是：天然的食材，一流的手艺，适中的价格。怪不得完全没有旅游景区独此一家的宰客现象。

聊得开心，收银女孩端来一碗豆花泡馍送我："店员自己做的，你也尝尝。"

往碗里一瞧，色相诱人。红汪汪的豆汤上，飘着绿莹莹的葱末，酱黑色的咸菜丁压在中间，金边馍片围在碗边，簇拥着乳白色的豆花。细看，豆花在馍片和配菜的点缀下半露半掩，像蒙着盖头的新娘，浮在汤面的几粒白芝麻，分明是新娘白嫩脸蛋上的可爱雀斑。

美食如美人。

吃了一头汗。真是应了一句话：心急吃不了热豆腐，何况这是当地人心目中的"金玉琼浆"。六营村人的热情，得慢慢品。

从食府侧门出来，再度回到胡新明大师的艺博园，目光被屋檐下一尊巨型酒爵吸引，它高近2米，三足支架，爵腹、倾酒的流槽线条圆润流畅，繁复的饕餮纹饰雕画得一丝不苟，散发着青铜器的色彩和远古的气息。

一看文字介绍，竟是泥塑。

想想，也不奇怪。秦酒清醇，酒器至尊。在这西周故土、先秦福地，古墓里屡次出土酒器，祖先练就的铸烧酒杯技艺自然会在六营村留传。西凤酒发源于西府大地，是天地与水土的约定，大概也与酒器

泥塑巨型酒爵

造型的美观实用、技艺的炉火纯青,不无关系吧。

大秦的雄风与铁马,时光的失意与得意,在眼前这尊泥塑酒爵中发酵。

想到明早就返西安,密集走访凤翔的任务即将完成,今晚,是该饮杯西凤酒了。

这几天在村子来来回回,总看见村中间一座草帘子盖顶的高大建筑,有顶棚、柱子,但无墙。上面写着"泥塑坊",以为是景观装饰,没太在意。看到六营村廖书记的一段视频介绍才知道,这是四面通透的泥塑大作坊,节假日会不定期举行泥塑展演、亲子活动、艺人讲座,游客可以在这里休息,亲手体验制作。

看来,来此村,不仅仅是看看而已。游而思、乐而学,村庄的吸附力、泥塑的代入感,又吸睛来又走心。

信步走到六营村广场,四周立着一圈展板,在"打造旅游胜地,打造泥塑特色"的规划中,我看到一个关键词"一园两环"。

一园:一个中国民俗文化产业园。

两环:民间工艺特色体验游、西府乡村风情体验游两条环线。

这一建设大手笔,使东湖景区苏轼文化、泥塑之都、关中民俗三大板块相融相促,观美景、制泥塑、品美食的多样化体验,丰富着旅游文化的纬度,自会引来源源不断的人流、经济流。这正应了一位研究"三农"的权威专家的话:"文化建设,效益最高。"

六营村,红了泥塑,绿了风景。

与泥土一起涅槃的人

问：这些无生命的泥塑，为什么如此活灵活现？

答：因为他手掌的温度，还有来自灵魂的光。

一

没错，就是他。

头发浓密，鼻梁挺直，脸庞棱角分明，眉间一道生动的"川"字纹，给人一种低头思考、如琢如磨的深沉，不高却挺拔的身骨，透出一股意气风发的神情。我来采访之前，已经在照片上、电视里无数次看到这样的形象。

今天，是我在六营村的第四天，终于等到了这个早已熟悉但也陌生的身影。他，就是凤翔泥塑国家级非遗传承人胡新明大师。

这些天，我天天以游客的身份在艺博园里"打卡"，他不是讲学、开会，就是参展去了，也许，还会躲在一隅打磨作品。

此刻，大师鼻梁上架一副细腿眼镜，刚刚开始动工一件定制作品：身高两米多、长度近五米的祥牛雕塑。他出来取工具的时候，我恰巧在拐角碰到，随即跟着他来到塑大牛的现场。

尚未装修使用的泥塑展览馆里，空旷而安静，墙边不远处，一只"大牛"骨架已经用钢筋条盘好，两个工人正在电焊接缝。大牛浑圆的肌体、奋进的姿势已经初具雏形，低头抵斗的力量感呼之欲出，等待着大师的一双神手，一点一点用泥土赋予它生命，用手绘赋予它神采，赐予它耕耘大地和扭转乾坤的力量。

2021年，岁次辛丑，是十二生肖中的牛年。中国人眼中的吉祥牛，自然要在大师手中闪亮登场。

早在十八年前，胡新明和老艺人胡深合作创作的泥塑富贵羊、平安马，就登上了国家生肖邮票主图；2017年创作的泥塑凤尾鸡，成为中央电视台春节晚会的吉祥物……再过一个月，就是牛年新春佳节，即将轮番登场的祥瑞牛，自然备受关注。

我在1月5日《宝鸡日报》新闻客户端看到，胡新明一家在牛年春节前，就预订出20000个泥塑牛。

除了这只尚未完工的大牛雕塑，我还看到许多活灵活现的生肖泥塑牛，它们身披五色彩花，昂首挺胸，站在冬日的暖阳中，似乎在仰天长啸，"哞——哞——"不由让人想到一个成语：牛气冲天。

惯常中，人们心里牛的形象或埋头犁地，或角逐奋争，或悠然驮着主人。今年胡新明设计了新造型，牛角翘起，抬头勇敢直视前方，脖子的造型尤为新颖，不但长而粗，而且全涂成喜庆的中国红。色块醒目，造型夸张，满满的温情和力量。

显然，大师在用自己的作品，庆贺中国走出新冠肺炎疫情阴霾，寓意老百姓的日子继续红红火火。

二

因没有事先约定，我的探访自然有些不合时宜，大师正处于创作状态，我只有老老实实等着。

胡新明的办公室很安静，我却感觉人声鼎沸。三条长沙发，茶几四周还放着六七个坐墩。正对门的书柜上，题名"时任全国人大常委会副委员长习仲勋考察观赏"的照片赫然醒目，我特意看了落款日期：1989年2月。看来，三十多年前，胡新明和六营村泥塑，就已经受到国家领导人的关注和鼓励。

四面墙壁上，挂着胡新明出席全国人民代表大会、接见来村考察的各级领导、国外讲学的留影，以及名人为他题写的书法、对联。我一瞬间有些恍惚，感觉自己不是在一个小村庄，而是进入了国家级博物馆。

此刻，所有的书画、照片、泥塑、根雕、书籍都静默着，却又在争相诉说着。

一幅奔马图吸引了我，一改泥塑典型的憨萌形象，两匹奔马四蹄腾空，鬃毛飞扬，热烈烈的气息、奔跑的力量扑面而来。马身图案和马尾的形状，线条粗拙饱满，点染疏朗随性，颇具民俗风韵。仔细一看，落款"胡新明"——正是我的预感。

这几天走访中我发现，真正的泥塑艺人，都怀揣绘画功夫。绘画与泥塑，显然是一门相得益彰的艺术。

正兀自欣赏，胡新明大师回到办公室，眉头微皱，思维显然还在那只大牛身上。没想到话匣子一打开，才发现他非常健谈，口才好、思路清、思维敏，不愧是经见了世面的大师。

从民间艺人成为今天的民间艺术大师，与19岁那年走出国门，至关重要。我们的话题，就从那一次出国谈起。

三十五年过去了，胡新明依然清晰记得所有的场景、心中的波澜和震撼。

三

　　1985年7月的一天，乡上忽然通知胡新明去一趟。到了才知道，原来是省文化厅辗转将电话打到乡上，通知他作为中国陕西民间艺术团的代表，去美国明尼苏达州参加"陕西月"交流活动。放下电话的胡新明，并不知道从偏僻乡村到大洋彼岸会是什么情形，第一感觉只是意外，意外到觉得不真实。

　　几天后，县文化馆来了一个干部，领胡新明到西安。人生第一次，土娃住上了招待所。看着干净的白床单、洗澡的浴盆和陶瓷便池，他隐隐意识到，自己的人生将发生改变。

　　第二天胡新明就被请到省长办公室，现场表演泥塑手艺。走得匆忙没有带泥，临时用面团捏了几个小动物，面团虽不趁手，但依然惟妙惟肖。

　　随后，文化厅派小车拉胡新明回村里取泥。

　　在那个自行车都不多的年代，胡新明竟坐上了公家的小汽车。那是一辆苏联伏尔加轿车。胡新明坐在里面浑身绷得紧紧的，一动也不敢动。几小时的路程，他却觉得很短，快到村口时，他把头伸出窗外，胳膊使劲摇着，和村里的每个乡亲打招呼。

　　一个月漫长的等待后，胡新明以工艺美术师的身份和代表团其他成员一起，乘飞机前往美国。在户县老机场，他随着其他成员踏上悬梯，走到机舱口的一刹那，他愣了一下，忽然不敢迈腿，心里很怕人家把他拦住。尽管国家置办的西装已经让他外表光鲜，但贫穷的刺痛、"狗崽子"的自卑，犹如达摩克利斯之剑，悬在他的脑海。

　　下飞机时，美国政府举行了欢迎仪式，迈着正步的"老外"军人仪仗队、手持鲜花的"洋娃娃"、闪烁的照相机，让他大气都不敢出，表情严肃，目不斜视，走路时双腿也绷得紧紧的。翻译说"放松点，笑一笑",但他还是紧张得挤不出半点笑容。

招待会上,丰富的洋酒、洋餐、洋水果,餐厅像一个童话世界。平时吃饱肚子都难的胡新明,做梦都没见过那么多好吃、好喝的,不敢贸然动手。很多他不知怎么去吃,怕弄出笑话,看中国团的领队吃什么,他就吃什么。侍者端着盘子走来时,他就学着别人的样子接过来。

"那时候太穷了!"胡新明边回忆边感叹。

因为穷,四年级时为了把短铅笔换成和同学一样的水笔,偷了全家仅有的一块钱,被发现后,挨了父亲一顿毒打;因为贪玩,没做泥塑、没打猪草,吓得不敢回家,硬是躲在麦草垛里睡了一夜,听见父母喊他也不敢应声……

20世纪70年代,六营村的人做泥塑不是卖钱,而是为了糊口,肩上挂两个搭兜,前头装面粉,后面装馍馍,哪天能把搭兜装满,就是天大的喜事。有一次胡新明和父亲到扶风卖泥塑,一天没有吃饭,饿得头晕,父亲从货摊上取了一个泥塑土地爷,抱在胸口,走了一家又一家,重复着一句话:"他姨他叔,给我娃换一碗饭吃,土地爷保佑你们全家。"

拉架子车从扶风往凤翔返回时,胡新明就躺在装泥塑的箱子里。走到了半夜,父亲又累又饿,在黑灯瞎火中迷路了,四周影影绰绰,怎么绕路都感觉不对头,想着农村老人说的"鬼打墙",心里发毛,一只车轮差点就掉进沟里。

幸好,胡新明在颠簸中醒了,发现不对,急忙跳车,躲过一劫。

天快亮时,父亲看到北斗七星,才找到回家的方向。

四

贫穷限制了思维,却没有限制胡新明的想象和天赋。

他从小跟着父母做泥塑,到十几岁时,闭着眼睛都能捏小动物。一直按父母的要求做,捏来捏去就觉得没趣。有段时间,跟着父母没日没夜地捏泥塑、做摔炮,年少的胡新明根本耐不住性子,"把人累得想哭"。还好,每每熬夜,母亲就给他讲《西游记》《三国演义》的故事,他边听故事边做,竟感觉没那么无趣了。

有一天做泥塑时,想起母亲讲的《西游记》故事,按自己的想象和美术课本上的图画,顺手捏了一个猪八戒,自己觉得好玩,挺喜欢。干脆不按父母的模式来,心里咋想就咋捏,把自己的渴望,对人物、动物的好奇都捏进泥里,"胡捏"了一堆,免不了被父母训斥。

不久(1979年),六营村第一次来了高鼻梁、深眼窝的外国人——祖辈收藏过中国泥塑的12个法国人,特地来村里买"泥货"。走了很多家,当看到胡新明捏的猪八戒、孙悟空等小动物时,一脸兴奋,叽里呱啦地交谈着,爱不释手,最后全买走了。父母虽不明白儿子"胡捏"的"泥耍货"好在哪里,但捏着二百多元和天文数字一样的外汇券,高兴地说:"哎呀,我娃厉害咧,以后,你就照你的想法捏。"

外国人和父母的认可,给了胡新明"胡捏"的信心,他的心里,开始有了朦胧的创作意识。

几年后,宝鸡上马营街道办事处的美术厂看上了胡新明的手艺,开吉普车接他去厂里上班,当设计。农村土娃成了工人,一个月42元的工资,再不愁吃喝了。

这一下,胡新明在方圆百里有了名气。既会做饭、洗衣、干农活,样样能独当一面,又有外国人青睐他的手艺,成了村人眼里最有出息的人。

法国人当年来六营村的场景渐渐消失在村民的记忆里。胡新明却并没有忘记"胡捏"带来的创造感。天上飞的、地上跑的,他仔细观察其形态、神韵,然后用泥巴去表现和塑造。

1983年，陕西省文化艺术采风团来到凤翔县，胡新明在10分钟现场表演中，用泥巴捏成熊猫、松鼠、猪和羊，活灵活现，喜萌可人，全场一片叫好，省上专家深深记住了这个心灵手巧的年轻人。

胡新明也没想到，这次表演，竟赢来了去美国的机会。

1985年，到美国时带去的100多件泥塑作品销售一空。他不断被美国各大城市邀请，现场表演、售卖，待了40天，收入46000美元。"一个2毛钱的生肖，在美国卖100美元；2分钱的'小耍货'，在美国卖到50美元，太震撼了！"外国人对泥塑的新奇和狂热，让胡新明大感意外。

他第一次意识到，泥塑不是村人眼里的泥娃，而是金娃娃。

出国时，国家给他配备了两只皮箱，一个手提箱，一个滑轮箱。一个多月后归来的胡新明，提着高级皮箱走进村子，长长的大衣随风飘动，崭新的皮鞋光亮如镜。飘忽间，他又产生了错觉，此刻这个人，不是他，是镜头里的演员。

走到家门口，当时刚刚秋收完，满地玉米棒子、泥水坑坑、鸡鸭粪便，他几乎是踮着脚走进院子的，但崭新的皮鞋还是沾上了泥粪。第一个见到的是在家帮忙收秋的外公，他把美国带回的希尔顿香烟递给外公，老人家拿在手里看了闻，闻了看，舍不得抽。

全家人见到胡新明高兴极了，连声叫上炕暖脚。当他的脚伸进被窝的那一刻，熟悉的暖意，顷刻间斩断了电影般的恍惚。满耳朵的外国话、普通话也全部褪去。他又重重地掉进现实中。

我，胡新明，不就是六营村的土娃吗？

难道，美国之行是一个梦？

但，看着身上的毛呢大衣、放在炕头上的高级手提包，他又告诉自己，这不是梦，是真的。

很长时间后，胡新明才彻底从出国之行的冲击、震撼中平静下来。平静下来的他，明白了人生方向——这一辈子就做泥塑，踏踏实实地做，一定把它做到最好。

"那一次出国，改写了我的命运，对一个家族、对凤翔泥塑的影响更大。"最让胡新明感念的是，出国回来，他在政府的安排下，走上讲台作汇报演讲；县长来家里看望他，送来"为国争光"的牌匾。

他从一个被欺负、被压迫的碎崽子，一下子翻身成为模范。美国归来，国家还给了600美元补助金，他还完了家里所有的债。曾经换口粮的泥货，在胡新明的手中，变成了致富的金娃娃。

六营村祖辈流传一句顺口溜："没货没本，越做越紧。"年轻的胡新明，终结了这个时代。

第一次住招待所，第一次坐小车，第一次坐飞机，第一次去外国的新奇和兴奋，不断激励着胡新明，他像自己捏塑的一匹马儿，开始驰骋在泥塑艺术的疆场。人生的那些第一次，渐渐变成了无数的第一个——

村里第一个买电视机、轻骑摩托、小汽车的人，第一个置办大型音响在家办舞会的人，第一个建自己的艺术馆和工作室的人……

胡新明说着这一串"第一个"的时候，那种笃定，让我认定他不是为了显摆，而是引领——村庄美好生活的引领者。

现在，出国办展、传艺、讲座，对胡新明来说，已经是家常便饭。他先后去过日本、法国、德国等多个国家，产品早已远销世界各地。他从乡村走向世界，又从世界回到乡村。用飞翔的姿势，体悟着一句话：民族的，就是世界的。

成为国家级凤翔泥塑传承人、工艺美术大师的胡新明，一步一步按照心中的想法，规划着自己的人生，每一步，都很精彩。

他告诉我，正计划出版一本艺术感悟和见解的书，到60岁时，再办一个全国性的个人展览，让泥塑艺术发展在理论上有典籍可循，操作上有实物可赏。

他还有一个秘密，正在撰写自己的个人传记，就从出生的那一天起笔，把自己的成长足迹和思想心迹都留下来。不为别的，他要给自己、给家族、给泥塑一个交代。

从奋进到回望，一个丰富的人生；从匠心到初心，一个丰盈的生命。

"人生的道路虽然漫长，但紧要处常常只有几步，特别是当人年轻的时候。"柳青这句名言，正是胡新明人生的写照。他无疑是幸运的，命运的垂青，让他在年轻时、在紧要处，走对了。因此，对了一生。

五

"泥塑成就了胡新明，胡新明亦成就了泥塑。"

这是《陕西日报》一个记者对胡新明的精辟总结。显然，这成就背后，离不开风雨和阳光的塑造。

做泥塑，要采集当地特有的"板板土"，千锤百揉制成泥料，再经过制模、翻胚、精抛、勾线等十几道严格的工序，匠心制作才能完成。

精通这样的制法，仅仅只是一个合格的传承人，而优秀的传承人，是懂得在传承中创新、创作、创造的人。

胡新明少年时"胡捏"的成功，得益于离开模具的依赖，融入自己的理解和想法。保守说，是尝试、摸索，说大了，就是创新。

凤翔泥塑越做越大，列入了国家级非物质文化遗产保护名目，正逐步形成当地拳头产业。作为代表性传承人，胡新明感觉到，肩上有了沉甸甸的担子。

在游客的熙攘中，在订单纷飞中，新问题不断出现——

"我几年前来，你们就是这些图案，有没有新的？"

"我要当礼物赠送，麦草裹的包装太粗糙了，有没有好看的包装？"

"我要寄回去，路上会不会碎？"

"我要批发，你这点货，供应能跟上吗？"

没有哪种课本教给胡新明这些问题怎么解决。口传心授、活态传承，泥塑手艺走到今天，遇到一张新时代的问卷。

答案，只能自己去寻找。

胡新明不断尝试。

中央电视台2020年11月《我的美丽乡村》节目中，作为泥塑村的新势力，胡新明讲述了他尝试的历程。

在中国国际进口博览会上，德国一个客商一次要订20万件泥塑，要求三个月交货。

"我们傻眼了，哪能做出来啊，举全村之力都达不到，只能眼巴巴看着到手的大单子白白黄了。"

胡新明难受了好长时间。好在，他没有沉浸在遗憾中，而是痛定思痛，梳理问题症结：一是容易碎，货品运不出去；二是工艺流程落后，产量低；三是包装粗糙；四是没推陈出新，容易审美疲劳。

这四大瓶颈不突破，长久下去，凤翔泥塑会被市场打入冷宫。

"我胡新明，要是把凤翔泥塑做不好，对不起老祖宗；做不强，对不起党和政府，对不起我身上的荣誉！"

改造创新的过程无疑是漫长的。怎样摔不烂？他从西安古城墙砖头接缝处添加糯米汁黏结受到启发，终于研制出被称为"摔不烂"的防破碎泥料；经请教相关专家，用石膏模具代替泥模具，缩短泥塑生产周期；他还发挥画画专长，独创泥塑画技艺，在传统泥塑的原型上创新；设计专门包装，不但看上去美观，寓意吉祥，并制作品牌标识，印上logo，形成显明的辨识度。

这一切，写在纸上、说在嘴上容易，实际中，胡新明每天如琢如磨，吃不好睡不着，经过了千百次的试验，花去了经年的时间。

苦并快乐着。

一系列的改良和创意，凤翔泥塑发展具备了产业化能力。"改良前做一千个泥塑，需要四个月，现在只要二十天。"

传承该传承的，创新该创新的，从民间手工艺人跃升为民间手工艺术家，这是胡新明的成功之路，也是民间手工艺生生不息的生命力。

离开六营村时，我特意在胡新明的艺博园里买了几件产品——

一个凤翔泥塑典型代表——坐虎，导购取出一个红色盒子，四周设计有防摔夹层，坐虎平躺到留好的凹洞里，就像睡在它自生的壳里。礼品盒提在手里，简约而不简单，豪华而不奢侈。

两个生肖摆件，是曾登上国家生肖邮票的明星：一个大红大绿的民俗五彩富贵羊，一个素雅黑白绘色的平安马，各设计一个同色底座，装在一个印有泥塑图案的白色提袋里，上面有一行字"西府民俗艺术博览园"。

回家将泥塑摆在客厅，细细观赏，竟发现每件泥塑下面，都盖了一个名章：胡新明。

手中的泥塑，一下子有了"娘家"。无论身处哪国，入驻谁家，都带着这个人的体温和心灵。

六

2017年3月20日，六营村的天空瓦蓝瓦蓝的，五彩泥塑沐浴在春阳下，和人们的心情一样明媚。游客赶集似的涌来，熙熙攘攘的人群中，一对情侣走进了胡新明的艺博园。

男孩是中国人，女孩是个法国美女，胡新明和园里的工作人员并没有刻意迎接他们。近年来，时有外国游客到来，大家习以为常。但这对游客参观得很仔细，一个一个造型看，每一个都观赏很久。随后，两人找到工作人员，一定要见胡新明，说有新想法，希望和他谈谈。

中国男孩的翻译使交流很顺畅，交谈很愉快。原来，这两人和胡新明一样，是一个对传承非遗颇有想法的人。

法国女孩叫美珊，因为成了中国媳妇，就随丈夫定居西安。她是服装设计师出身，第一次看到泥塑就很喜欢这种憨朴、喜庆的"中国风"，2017年在央视春晚看到胡新明设计的吉祥物凤尾鸡，就想来这个民俗文化发源地看看。职业的敏感和艺术的感知力，让她意识到，泥塑原型可以用漫画等更多方式来解读，用现代方式传播。

于是，这个春暖花开的季节，美珊就和丈夫一起来泥塑发源地探访。

五彩缤纷的动物，憨态可掬的造型，让美珊脑洞大开，当即想到用微信表情包来"代言"凤翔泥塑，一定会受到"宠爱"。

非遗加表情包、民俗加流行，正是一条传承传统民艺的新路径。胡新明为法国女子的创意叫好，这下，泥塑作品不仅仅静守在展台上，更可化身生动的表情、语言，活跃在手机里。

他爽快地答应合作。

胡新明乐意合作，还有一个原因，他一直没有忘记，小时候在村子里见到的第一拨外国人，就是法国人。正是这些喜爱中国文化的陌生人，带给他信心和机缘。于是，他将法国人全部买走他"胡捏"的泥塑、父亲欣慰的表情、村里人惊讶的神情、第一次挣到外汇券的兴奋，统统讲给这两个年轻人。

他有一种直觉，眼前这位喜爱中国文化的法国女子，一定会做好，做成功。

一个多月后，美珊设计、修改定稿的16款"凤翔泥塑宝贝表情"的微信表情包正式上线。网民被这具有浓浓民俗味、又萌又憨、充满幽默感的表情包惊艳，狂热下载，新闻媒体"闻新"而来，广泛报道，称之为"首个非遗微信表情包"。

　　三年多后的这个隆冬,我听到了这个故事。此刻,我正在六营村村委会的院子里聊天,不等村干部说完,我迫不及待地在手机上搜索,将所有"凤翔泥塑宝贝表情",下载到表情库。

　　村干部指着手机屏幕对我说:"泥塑表情包就是面包,哪天聊天没用它,就像没吃饭一样。"

　　晚上,我在宾馆打开表情包仔细欣赏,幽默风扑面而来。曾登上邮票的凤翔泥塑"富贵羊",背上驮着一朵盛开的红花,花瓣一张一合中、眼波流转时,迸出一个"恭喜"字样的大红包,成为最撩人的发红包图案。

　　"平安马"吐着红舌,前蹄稳立,后蹄跃动,舌头和后蹄动作同频,充满喜感,身后腾起一团云状尘烟,化身为"马上到"的表情,抚慰焦急的等待者……

　　看着这些动感表情包,我忽然意识到,所谓非物质文化的活态传承,除了口传心授的手艺和手艺人本身,是不是可以有更多的尝试,它们将赋予泥塑产品动作和语言,活态化传播。

　　在网上搜凤翔泥塑表情包,看到一段"图说宝鸡"的视频,穿插了美珊和丈夫探访六营村的照片,美珊女士穿一件黑色羽绒服,随着胡新明参观泥塑制作步骤。视频还配有采访画外音,美珊说一口流利的普通话:"泥塑是很了不起的民间艺术。"

　　在遇见美珊之前,胡新明也有一个想法,将凤翔泥塑做成系列小动画片,让年轻人接触到它、喜欢它。美珊的表情包设计,实现了他的期待。

　　我还发现,淘宝网上有很多凤翔泥塑图案作装饰的手机壳、围巾、纸杯、靠枕,卖得很火。时尚元素、现代传播方式,让古老的泥塑充满了现代范儿,在起起伏伏的岁月中,迎来了它的黄金时代。

非遗文化与人们的生活，越来越亲密。

想起胡新明说过的一句话："把传统的做成经典，把衍生品作成产业，两条腿走路，也是一种传承。"

回西安的路上，我将十六个泥塑表情包、印有泥塑图案的围巾微信发给一个朋友。他竟现取现用，选了其中一个泥塑龙的表情包回复我，只见龙头上下跃动间，闪出三个字：朕喜欢！

七

好风凭借力，送我上青云。

胡新明的人生，和泥塑手艺的发展一起沉沉浮浮。20世纪七八十年代养家糊口，90年代起发家致富，2000年发扬光大，到今天让村里人实现奔小康。凤翔泥塑遇到了好时代，才焕发了第二春。

这一点，常在政府参加各种会议和活动的胡新明，比村里人感受更为深刻。

正是遇上了泥彩盛世，才有了泥塑世家。

胡新明说："感谢祖辈的泥塑手艺，传家之宝，凤翔泥塑造就了我们一家，成就了我们村子，我和媳妇现在要做的，就是感恩回报。

"我为凤翔博大的文化自豪，为六营村百姓的智慧自豪。泥塑第一村的声名，是大家共同的智慧和努力，只不过在我身上体现得多一点。"

这些，不是说在嘴上，而是体现在行动中。胡新明和夫人敬萍，热心给七里八乡的村民讲艺，免费办泥塑培训班，村里修路、建学校积极捐款……只要是公益活动，他都积极参与。

"为什么我的眼里常含泪水，因为我对这土地爱得深沉。"

胡新明不是诗人，也许写不出这么精彩的诗句，但不缺诗人的情怀。他身在青云之上，心总恋着泥土，深深懂得泥土的厚德、根的情义。

"泥土是万物之本源、之归宿，重生之圣地。只要有泥土的地方，我就会像小草一样灿烂地生长。我与它是情怀，是梦想，是灵魂乐居的天堂，是它给了我无限的世界。"

是的，他在无限的世界里，灿烂生长，但已经不是一株小草，而是参天大树，在泥土中深深扎根，吸收阳光，释放氧气，撒下荫凉。

头顶国家级大师光环的胡新明，还坚持亲自去挖土。我从抖音上发现他在万泉沟取土的场景：手臂一镢头一镢头抡下去，土坷垃一块一块迸出来，然后一筐一筐地提上坡，放在架子车上往回拉。每一个环节都很吃力，但从表情看得出，胡新明很享受这种负重。

和泥土在一起，他是踏实的。

把心种在泥土里，注定是有收成的。

胡新明的热爱、执着和创造，造就了他的泥塑王国。今天，他已和脚下的这方泥土、手中的泥塑一起，凤凰涅槃、浴火重生。

倔强、不服输，让胡新明像一组弹簧，在阻力中充满张力。苦难、贫穷像石磨，研磨出他坚强的意志。"梅花香自苦寒来，宝剑锋自磨砺出"，对这话，胡新明有着自己的解读："苦难是一笔财富，艰苦才能塑造向上的性情、百折不挠的坚强。用这些来教育现在的孩子，尤其重要。"

胡新明没有提及自己的孩子，但我相信，他的孩子一定是优秀的。

走出胡新明的办公室，正午的暖阳从飞翘的屋檐投射下来，在空中幻化出一道道彩光：赤橙黄绿青蓝紫……院落中的游人、泥塑，沐浴在七彩光芒中，温暖、明媚。此刻，天空的霓虹和大地的彩梦，紧紧拥抱，缓缓流动，像一条缤纷的河流。

冬篇　彩羽之下　泥土之上　　171

胡新明在艺博园的展室和他的作品

三个女人的村庄

女人是村庄的风水，也是家庭的风水。

她们，比我想象的柔弱，更比我想象的坚强。

她们，是泥土上开出的花朵——

穿越暗夜而寻阳光，参透肥沃而自铿锵。

敬萍：月亮女人

1

正午时分，冬日的暖阳照在胡新明的艺博园里，撩拨着游客的兴致。院子里、大门前、展厅中，到处是人，拍照的、买泥塑的、看展览的，络绎不绝。

展厅的代购员指着一个女人的背影对我说，就她，她就是敬萍，大院的女主人。

我看到一个穿着深色羽绒服的修长背影，正在大门口和几个人说话。紧腿裤扎进靴子里，板栗色长发用一个发夹拢在脑后，发尾自然披在肩头。我向着那个背影走去。也许是有感应吧，她忽然朝我的方向转过头来，肌肤细腻白皙，五官秀气，双目含笑，看上去亲和又优雅。

印象中，民间手工艺人，尤其是女艺人，应该是一副质朴、沧桑、微微发福的样子，而眼前的她，穿着时尚，洋气大方，我一时有些愣，竟忘了递上介绍信。她微微一笑，并不验证我的身份，以女主人的热情，领着我走进旁边的接待室，让座倒水后，就像聊家常一样说开了。

敬萍说："一个月内，走了两个亲人——我妈和我婆婆，得处理很多事儿。"

也许是又难过又劳累，我发现她右眼底发红，嗓子嘶哑，但并不憔悴。苦难的磨砺，一路的奋进，艺术的造诣，支撑着她的精神。声带虽然嘶哑，但语气温柔，又幽默开朗，话像泉水一样淌出来，给人很舒服的感觉。即使在讲生活琐事，也会不时冒出一个点睛的成语。

见她之前，我已经在艺博园大门口的墙壁上看到了她的艺术人生：陕西省及宝鸡市两届人大代表、宝鸡市十大"西秦巧娘"、陕西省"三八红旗手"、泥塑作品中国民间工艺术品博览会金奖得主……虽然和对面墙壁上丈夫胡新明的简历相比，要单薄很多，但既照顾了老人和家庭，又能做喜欢的泥塑，也打理好了艺博园，她已经很知足了。

"这几年国家政策好，我们的主要精力放在创作、传播、带学生上。"

"我做泥塑三十多年，现在带出了一百多个学生，随便拿一个泥塑来，我一看就知道是谁家做的。"

一个女人要成就点事，显然要比男人难。相比国家级工艺美术大师、享受国务院津贴的丈夫胡

敬萍披过的绶带

新明,这个叫敬萍的妻子把自己活成了一弯明月,不去干扰太阳的光芒,却在暗夜里把他照亮。

2

女人的绽放,常常是因为与有梦的人在一起。

敬萍的人生,因遇见胡新明而改变。

她从小家境优越,父亲脑子活,搞副业赚钱,她吃的穿的,都是村里小孩羡慕的对象。嫁给胡新明时,他家连温饱都有问题。两个年轻人一起打拼,用绘画手艺给寺庙画神像,出门给建筑彩绘,奔波在展会上卖泥塑,日子才渐渐好起来。

刚刚能吃饱饭的时候,家里有了一件喜事。

这喜事,此刻已经成为一张珍贵的照片,就压在我和敬萍身前这张茶几的玻璃下。因年代较久,像素并不高,但清楚地认得出,是国家领导人来参观、慰问胡新明工作室的情景。我发现照片左下角,有一片黄色,是一个人包着黄头巾的后脑勺。

"那个人是我。"敬萍指给我看。原来,1989年2月,时任全国人大常委会副委员长的领导人习仲勋到来的时候,她生完女儿刚出月子,怕风,包着一块黄色的头巾。

敬萍说:"家里地方实在太小,人都没地方站,挤到一起,根本无法拍照。摄影师急中生智,拧身到窗外,移开一块窗格子,才留下这张珍贵的照片。"

而此刻,我坐在她家专门的会客厅,透过敞开的门,视线正对的,是一排宽敞气派的展厅,不时有游客进进出出,一脸明媚地笑着拍照打卡。

也许正是三十年前,那个热烈而简陋的场景,那刻骨铭心的记忆,激励夫妻两人走到今天。当年提亲时,敬萍母亲相中的是胡新明的善良、手艺,新明母亲看上敬萍的好模样、能干,两家母亲都满意,才有了他两人的相亲。

多年后不得不承认,两位母亲都有眼光。尤其是胡新明母亲,人能干,心气高,总想把日子过好,过到人前面去,却总不能如愿,因此对孩子们很严厉。她的愿望,在儿子儿媳手里实现了。更令人欣慰的是,她享了儿媳的福。

婆婆床上铺的、身上穿的,从头到脚,都是敬萍置办的。去世前昏迷不清醒的两年,只要敬萍一走到床边叫她,老人就能感应到,或睁一下眼,或动一动手指,和她打招呼。

敬萍孝敬老人用的精力,比看管孩子们多。她对孩子们的照顾并不精细,"实在太忙了,顾不上",但孩子们在和谐家庭氛围的熏陶下,很争气,都考上了大学。

女儿上大学时,敬萍开着汽车去送女儿,想起以前连买一辆自行车都是奢望,她对女儿感慨:"妈妈从来没想到,有一天会开上小汽车,送你上大学。"

一手照顾孩子、孝敬老人、管理家庭,一手打理艺博园、合作社、办公益培训、精进泥塑技艺……一大摊子的事,敬萍打理得井井有条,不让丈夫操心,专心投入到创作中去。

孩子们给了她一个头衔:大总管。她则调侃自己是"万能胶"。

敬萍和孩子们也送给胡新明一个戏称:"巨婴"。

"他一心扑在泥塑创作上,家里东西放哪都不知道,常常找不到东西就发脾气、情绪化,创作顺利就高兴,不顺利时几个月不理人。"敬萍笑着说,"不过,艺术家嘛,应该有个性的一面,否则怎么搞创作呢。"话语里充满对丈夫、对艺术家的理解。

敬萍的付出,得到大家族的认可,丈夫更是从内心感激,采访时提起自家媳妇,胡新明诚恳地说:"媳妇嫁给我,受的委屈太多了。其实她也很能干，泥塑手艺不错，但一直在操持家，2000年孩子上大学后，我才同意妇联把她推出去，她还不愿意。"

"女人把男人跟对了，或者男人把女人找对了，日子绝对过得不错。"

"如果男人不行女人行，日子也还行。"

"我家的情况是，我能行媳妇还能行。"

苦尽甘来，这个词用在敬萍身上，再恰当不过了。她，在中国泥塑发源地，在国家级传承人的身边，成了一棵树，而不是藤。

走出胡新明办公室，已是中午，冬日暖阳明媚地照在脸上，屋檐的灰瓦也起了一层光晕。忽然想起一首老歌词：

  太阳太阳像一把金梭，
  月亮月亮像一把银梭，
  交给你也交给我，
  看谁织出最美的生活？
  ……

3

民间有一句话："娶一个好媳妇，家族至少旺三代。"

这话，在胡新明家应验了。

敬萍像一座美丽的泥塑，给这个大家庭护生，镇宅，纳福。

孩子是家庭的未来，对孩子敬萍虽不讲大道理，但总能巧妙因势利导。

有一次儿子做完作业要出去玩，外面太冷，敬萍就让在屋里玩，画张画儿也行。"画啥呀？""随便画。"等忙了一会儿后，看见儿子将自己穿的拖鞋束起来，随意摆了一个造型开始画。完成后敬萍大吃一惊，线条流畅，造型精准，画风既喜感又时尚。那一刻，她认定儿子有绘画天赋。

胡新明回来后赶紧拿给他看。

"真是儿子画的？"

"我亲眼看的。"

胡新明走过去拍拍儿子的头："从今天起好好画，你能吃这碗饭。"

儿子大学毕业后，敬萍鼓励他去大公司应聘，对儿子的发展，她有长远眼光："开眼界，学本事，学做人，学会和领导、同事、客户相处，他是要接好泥塑事业这个班的，但现在为时尚早，要好好锻炼。"

现在，这孩子已经是一个大公司的设计师，给凤翔泥塑设计了围巾、手机壳等很多文创产品。

敬萍的女儿胡锦媛，原来在上海一家公司上班，被母亲敬萍叫回家乡。现在用自己的外语专长，在艺博园做翻译、做接待、做讲座，成了父母最得力的帮手。她早在9岁的时候，不仅见到了时任美国总统的克林顿，还给他现场表演过泥塑制作。我找到了二十二年前那天的新闻报道：

> 1998年6月，美国总统克林顿访问古城西安，胡新明夫人敬萍及9岁女儿圆圆为克林顿做现场表演，克林顿夫妇给予高度赞扬，并和其女将胡新明的《千千结》《小勺脸谱》一直佩戴胸前。时任陕西省省长程安东将胡新明制作的《斗牛》送给克林顿总统。

对于爱情，敬萍是冷静和理智的，并没有热烈的语言，全体现在点点滴滴关爱和理解中。

有一个女同学很欣赏胡新明，胡新明也对人家产生过朦胧的感情。女同学曾给胡新明写过一封信，敬萍无意间看到后，心里难免不舒服，但并没有像大多数女人一样吵闹和质问,她半开玩笑半认真地对丈夫说:"人家放不下你,干脆,我退出。"

"胡说!"胡新明冲口而出。

胡新明对艺术特别拼,一创作起来常常忘记吃饭喝水,经常熬夜,敬萍和孩子们都劝他注意身体,在生活上讲究一点。胡新明嘴上应着,但一扑在泥塑创作和研究上,就忘记了吃饭睡觉。敬萍见他不以为意,有一天,她取出一张A4纸,按人的平均寿命80岁算,画了一个倒金字塔,上半标注五十五年,涂黑,下半二十五年,留白。指着二十五年的小格子对胡新明说:

"看看,就拿最理想的寿命算,你这辈子,也只剩这么点了。"

胡新明往纸上一看,吃了一惊。

敬萍趁热打铁说:"你不要命,我们还要你!"

敬萍的手机相册里存着一幅胡新明的水墨画:两只又萌又充满喜感的卡通狗,尾巴蓬松上翘,既像丛草,又盘绕如花。一只在弹琴,一只摊开乐谱聆听。有一种高山流水遇知音、相亲相知的陶醉。

敬萍手机里的画作《琴瑟和鸣》

胡新明给画题名"琴瑟和鸣",是送给一对新人结婚的礼物。

我久久看着这幅画,琴瑟和鸣,不也是她们自己的写照吗?

胡小红:青出于蓝

1

无论走到哪里,无论是在哪种场合,她都有一个与生俱来的身份——民间泥塑艺术泰斗胡深的女儿。

我来拜访她,也是冲着这样的身份。

她,就是陕西省工艺美术大师、凤翔泥塑代表性传承人胡小红。

沿着六营村街道一直朝里走,不久就看到"胡深泥塑世家胡小红"字样的门头。顺着侧门的泥塑展室进去,过道两面的墙上,"中华巧女""中国工艺美术百花奖"等各级牌匾,在阳光下闪着金色的光芒。墙下,装好货品的礼盒堆积成一座红色的山。眼前,一件经过"挂白"(在干透的泥塑彩绘前上胎底)的大牛泥塑,正牛气冲天地站在院子里晒"阳光浴",还有一件仍是泥色的鸡、已披上彩绘的坐虎则陪在身后。

目不暇接之时,一个短发微卷、穿着水红色短棉衣的妇女从里屋走出来——正是胡小红。

第一次见到胡小红,是在中央电视台《我有传家宝》节目中,对她记忆深刻:质朴真诚,落落大方,语言表达简洁流畅,还小小幽默一下,当时现场气氛融洽热烈。

得知我的来意后,她领我走进客厅,边说话,边继续给泥塑牛"挂白",真是磨刀不误砍柴工。

一股醇正的炖肉味顺风飘进客厅,热腾腾地撩拨着味蕾。胡小红不时抬头向外间的厨房看,一边操心着手里的泥牛,一边操心着锅里的火候。她正给怀孕的儿媳炖肉，儿子儿媳元旦假期专程回来看她，一会就要回西安了。我不忍把她从团聚中扯开，约好明天再来。

我深知，作为胡深大师的女儿，她见过的媒体太多了，同样的话题早已说疲。我这个所谓的作家，要挖出人物内心深处的感受，得瞅一个好的时机和氛围拉话。等明天元旦收假了，游客一少，估计她会清静下来。

第二天早上，我刚进院门，却看到胡小红正要出门，肩上挎着包包，手套、口罩都收拾好了。

"今天不行了，我要和儿子办个重要的事，昨天都没让儿子走。"我心里一沉，但不沮丧，在一旁看着她忙活，嘴却不停，院子的泥塑牛、门帘上的刺绣、墙上的照片，都成了我的话头。

我想拉近距离，探索到彼此内心同频共振的那个交叉点。话题，是唯一的帮手。

"胡深大师去世一周年"这个话题，显然触动了胡小红，她耐心地纠正我："不是明天，还有两礼拜，我们这儿看农历，腊月初五。"

胡小红家客厅的挂虎

从这一刻起，我不是作家，也不是媒体，而是一个来祭奠老人的朋友。胡小红冲着里屋喊："斌斌，咱稍等一会儿走。"说完，取下肩头的包，指着沙发说："坐，坐下说。"

2

"传男不传女。"

这是六营村泥塑的祖训。尤其是关键技术，一直由男人做，不得传授给女人，尤其是女儿。即使在娘家会做，出嫁后绝对不许在婆家做。如果不守规矩做了，六营村的人会上门砸毁。

虽然那时候做泥货只比讨饭强一点点，但保护意识却异常强烈。

六营村人所说的看家本领，就是为了养家糊口。我想，所谓"看家"，就是不能为外人所知，否则就可能失去饭碗。所以，"传男不传女，传内不传外"。

胡小红从七八岁就给父母帮忙做泥塑，在泥塑堆里长大。她和哥哥胡勇都记得，小时候泥塑常放在热炕上烤，家里的炕上摆满了泥塑。1982年中央美院师生来参观后，多方人士关注，随着全国闻名，引来了很多外国人，法国、日本、比利时、意大利……父亲胡深总是热情留宿，先后有二十多个国家的朋友在胡小红家的大炕上睡过。

那热炕头，被戏称为"国际炕"。

"国际炕"上的友人，开阔了胡小红的眼界和视野，她隐隐感觉到，泥塑能让她走远，离开村子，走向城市。

但她并没有走远。

由于泥塑传男不传女，她虽然打小就喜欢做，但关键的技术，都得偷着学，偷着尝试。

17岁时，家里有一批活时间太紧，人手不够，她就上手勾线、绘彩，试着捏塑花鸟鱼虫。

不久后，她独自做了一个小狮子，忐忑地拿给父亲看。父亲一看，造型灵巧、勾线灵动，上色也非常均匀。他觉得女儿挺有灵气，一高兴，就问："你真想学？"

胡小红说："想！"

父亲问："学下去是有条件的。"

父亲所说的条件，就是要"传内"，她得嫁给本村人，否则就坏了规矩，学不成。

胡小红答应了。

21岁那年，她出嫁到本村，丈夫家和自己只隔了四户，两人也是青梅竹马。"上小学时，他总欺负我，现在，改成我欺负他！"虽是一句玩笑话，但看得出，虽然泥塑是她找对象的"枷锁"，但婚姻还不错。

"宁愿三天做一个，不愿一天做三个。"这是父亲传给她的祖训。胡小红一直在观察，从泥土、造型、图案、绘彩各个环节，比较这两者的差别。同时，观察父亲造型的细节、下笔思路和笔法。

她发现，父亲的作品看似随意赋形，都有它的故事。之所以含情带意、憨态可掬，是有情感、情趣在里面。父亲把民间艺人心里的渴望，用民间符号加在他的作品中。由形到神，从表及里，她在理解作品、解读父亲。

在理解和解读中，她不断进步，尤其是练就了自己的"绝活"：一笔成型的勾线功夫。

一笔成型的勾线，在纸上和墙上，也许容易，但泥塑是立体的，要悬起胳膊画，每一条线随泥塑表面的凹凸、弧度、画面而变化，一笔成型很难。没有功夫和绘画悟性，泥塑会因此而失神。

父亲对胡小红的手艺，显然是满意的，去世前两个月，特别叮咛她："一定要把泥塑手艺传好。"

传下去，父亲是有信心的，但要传好，他得特意叮嘱。

胡小红正在给泥塑"挂白"

想父亲时,胡小红就拿出父亲的作品看。"我试着还原父亲留下的三百多件作品,现在已成功复制了六件。"

"及所能及",这是我和胡小红短短的相处中,她说得最多的一个词。及所能及地做好,是她的信条。即使走上了央视,荣誉等身,她却一直没感觉自己是名人。

正因为嫁给了同村的丈夫,胡小红再也没有离开这个村子,成为第五代传人。生于斯,长于斯,也必将终于斯。

她的初心、衷心都在六营村这片土地上跳动。她的人生小成一个圆点,却又画出了无限周长的圆。

3

2019年10月30日,胡小红走进了清华大学美院视传系的课堂。配合PPT的展示，胡小红将凤翔泥塑的历史源起、制作工艺流程，娓娓道来。一堂课下来，名牌大学的学子们纷纷围上来，观看她现场勾线、绘彩。惊叹中不时提问，热烈的场景，铭刻在胡小红的记忆中。

荣获国家级大奖，在全世界办展，这些胡小红都想过，却从没想到，自己一个没念过多少书的农村妇女，竟然走上了清华大学的讲台。

那一天，她特地收拾一番：做了新发型，戴了一对小耳钉，浅蓝色的西装里，配一件高领镂空内搭。镜子里的自己，竟也像电视里的播音员一样，她似乎在书上看到，这样的形象叫"气质"。

能弯腰做泥塑，也能上台讲道理和方法，胡小红深知，这是父亲给予自己的历练，也是传承所必须。

她的大儿子韩建斌，也如她所愿，走上了泥塑传承之路。

我在胡小红的朋友圈看到，前一阵，她和儿子一起拜访众多业内大师，与渭南澄城县尧头窑陶艺大师合作，让凤翔泥塑图案走上了陶器。

对于东府西府传统手艺跨界融合、碰撞，儿子韩建斌很感兴趣。作为第六代传人，韩建斌放弃了条件优越的公司，在西安曲江创建了凤翔泥塑工作室，他的传承，有产品设计的创新、古法的融合，更主要的是理论研究。

六营村泥塑一直是口传心授，执手相教，没有形成文字性的传承谱系，现在，韩建斌要致力于整理文献、撰写论文，对其进行体系化的传播。

"这是道和术的关系，技术可以训练，道则是潜移默化熏陶、领悟的思想体系，道大于术，更利于传承。"尽管口罩遮住了大半张脸，我还是能感受到这个年轻人的自信、朝气。

提起外公，韩建斌说："姥爷荣誉证一大堆，就连盖着中华人民共和国文化部印章的，他都是随便装在一个大纸箱子里，往墙角一塞，只管专心做泥塑。再大的名气也不觉得有啥。"

也许正是这样德艺双馨的品格,影响了韩建斌,"90后"的他稳扎稳打,做事不急于求成,而是从根子上挖,从基础做起,力求形成体系和规模。遇到难题或者心烦的时候,就去和姥爷聊天。

他不仅有了姥爷、母亲的手艺和"名非名"的修养,更修行着自己的泥塑之"道"。

在胡小红家的客厅,听着韩建斌对凤翔泥塑的发展理念、传承思考,我心里不由涌出一个词:后生可畏。

和胡小红母子一起出门的时候,我想起胡深大师在访谈节目中谈到的初衷:"过去条件差,孩子生病得不到治疗,都活不长。为了防止孩子夭折,就做个狮子护娃,谁家娃过满月就送坐虎,也叫长命虎。"

从前的泥塑,寄托着祖辈人丁兴旺、日子温饱的初衷,但走到今天,无疑升华到了精神层面。这方泥与土共生的智慧,长在中国人的心中。

岁月有多长,纳福、祥瑞、护宅的美好祈愿,就会有多长,泥塑传承之路,就会有多长。民俗文化的开掘,美学探索的脚步,从不停止。

沿着岁月一路走来,胡小红是父亲传世的作品,更是她自己。

六营村胡小红的家

黄婷：与泥塑，共芳华

1

顺着六营村高大的仿古牌坊走进去，一眼就看到一家"姑娘手泥塑世家"店铺。从门旁边的宣传海报上看到，这占据了六营村最好位置的第一家，主人叫黄婷。

大门敞开着，里面很安静。我约好上午9点见采访对象，无意在此驻留。

下午再路过，看见店铺前一个年轻女子正在忙活。戴一副黑边眼镜，头发高高挽起，腿面上垫着一方红格子大盖布，手中拿着一件泥塑牛，正用薄刀片，仔细刮去牛脖子下的毛糙。衣服袖子上，沾了几处泥巴，仿若几朵素色的花。

她的脚边，一地刚刚成型的泥塑牛，以同一个奋进的姿势站在寒风中，等待主人的清洗与打磨。

黄婷正在铺子前打磨泥牛

她手里边忙活，边对旁边10岁多的小男孩说："别玩了，把洗好的牛搬进去。"

我站在她身旁，边看边拍照。她习以为常，我行我素，并不刻意摆姿势，该咋就咋。

我顺手帮着她搬了几只牛，走进店铺。

2

一片花花世界。

四壁、展台，甚至地上，都布满工艺品。除生肖泥塑外，凤凰图案的麦秆画、马勺脸谱、木版年画、木梭画、漆画……件件生动可爱，艳丽的色彩、浓浓的民俗风，冲击着我的视野。我像刘姥姥进了大观园，眼睛一时忙不过来。

小男孩脚踏滑轮鞋，在店里穿来滑去，眼看就要撞到泥塑了，却总在最后一刻擦身而过，娴熟自如地享受着速度与平衡切换的快感。还有一个十四五岁的女孩，坐在炉边看手机，安静得仿佛不存在。

这是黄婷的一双儿女。女儿上初三，儿子在小学五年级。趁元旦放假，孩子们来帮妈妈和姥姥看铺子。

37岁的黄婷，经营着自家这间铺子，两个哥哥一个在合肥，一个在西安，她却一步没有离开村庄。一边照顾两个上学的孩子，一边做泥塑，眨眼间十几年了："天天都守在作坊，无休无止，不休不止。"

为了孩子上学方便，她和孩子们住在城区，每天骑着电瓶车来回跑，好在路不远，从城区住处到六营村铺子，也就十来分钟。她笑着调侃自己："不是在做泥塑，就是在做泥塑的路上。"

游客陆陆续续来参观，不时询问。眉县的电商代理也来了，要选货。眼看忙不过来，黄婷的母亲回来了，老人60岁出头的样子，和善、精神、手脚麻利，她一上手，一切忙而不乱。

站在母女的泥塑作坊里，祥瑞和谐，货丰人旺，浓浓的家的氛围让人留恋。买作品，是停留在这里拉话最好的理由，也是对母女俩最大的尊重。

我挑选了一只背带红花的金色坐虎，准备送给朋友。黄婷的母亲取来一个精致的礼盒，小心翼翼地放进去。我注意到，母亲和黄婷穿着一模一样的黑色短棉衣。

"我买的，当工作服穿，干泥活儿脏，短棉衣方便。"黄婷笑着解释。

父亲去西安帮哥哥的生意，母亲就成了黄婷最得力的帮手，黄婷则是母亲最得意的手艺继承人。

3

天色渐渐暗下来，冬天的游客来得快，走得也快，下午5点，人潮褪去，门外的泥牛也全部搬进了屋，黄婷在炉边的盆里洗了手，拍拍身上的泥灰，专心和我聊天。

我的问题太多了，话题又很跳跃。她干脆拿起一件尚未完成的泥塑，一道一道给我讲解工序以及素描、彩绘的区别。灯光下的她，脸庞饱满，眉毛黑而密实，两只大眼睛间距较近，平添了聪慧之气。

从小就帮父母做泥塑，是六营村大多数孩子的常态。1983年出生的黄婷也不例外。尤其在大冬天，她最怕帮父母给泥塑"挂白"。父母一边浇粉，孩子们一边摆。粉白的泥塑怕脏，要摆在芦苇席上，芦苇席也不能踩脏，只好光着脚干活。常常一干几小时，脚后跟冻得又红又肿，裂几道大口子。

"既然泥活这么辛苦，那你咋不放弃？"

"做不了别的，也没想着做别的。"

"为啥不想？"

"从小就做这个,自然而然吧!"

"那你也是传承人啰?"

"现在还没有官方传承人之类的荣誉。"

"纯粹做手工的年轻人不多,你争取一下。"

"手工出活慢,要全身心投入,就顾不上这些了。"

"娃们喜欢做不?"我指着一旁的孩子们,问道。

"我可不做泥货。"我话音还没落,在火炉边一声不吭看手机的黄婷女儿,冷不丁地接了这么一句。

"我姐不做,我做——我帮你挖土!"脚踩轮滑的儿子刚从门口滑进来,洪亮地抢答。

一屋人都笑了。

走时,天已黑透。耽误了这一家人的时间,我有些歉意,听到黄婷

作者(右)和黄婷全家

让孩子们步行回家，主动提出开车顺路把孩子们捎回城区。黄婷仔细交代了路线和把孩子们停放的地点。一路上，孩子们乖巧礼貌，讨人喜欢。

我想，黄婷的泥塑作坊也许还处在养家谋生阶段，但她从不曾逃离。泥塑陪伴着她，她陪伴着孩子和父母。不管谋生还是谋艺，都缤纷着村庄的日月。

两天后，六营村的采访完成，回西安前，去向黄婷母女告别。

大门口，黄婷的母亲刚刚洗完头，准备去下水道倒水。洗脸盆放在门前的地上，头上顶着毛巾，原本竖着的棉衣领窝进脖子里，头发上还有水珠滴落。此刻，气温在零下4度，虽没刮风，但寒气凛冽。我急忙提醒她：

"太冷了，赶紧擦干吧，小心感冒。"

"不冷，习惯了。"她从头上取下毛巾，将水拧进盆子里。

和老人说话间，黄婷拎着一个空水桶走出来，去接纯净水。还是昨天的黑色工作装，但涂了口红。

她身后的铺子里，炉火烧得正旺，一群泥塑牛静静地立在大厅的地上，还没有挂粉、勾线，一片泥土的本色，但姿势却活灵活现，偏着头，一只只牛角朝前顶着，四蹄稳踩地面，在抵御，在奋争，一个个砥砺奋进的样子，充满了力量。

"板板土"的秘密

一方水土一方人,一方水土一方艺。

水、土、人、艺,携带着各自的基因,却又共同恪守着大地的秘密,绽放着生命的斑斓。

凤翔泥塑的筋骨、艺人的手艺,离不开六营村当地特有的黑油"板板土"。村民告诉我,取土的地方在村东的万泉沟。

当天的采访完成后,已是下午4点多了,我顺着村路一直向东,去寻当地的"板板土"。踩着铺满荒草的小径,过麦地,越沟坎,走到一条大路上。环顾四周,一边是数池结冰的鱼塘,一边是沟地和树林,远处,白色的花圈在一片土堆前静默着,显然是坟地。

探寻一遭,就是看不到当地人所说的"一片低凹的大坑,人就在周边挖"的地方。寒风像一把把冷森森的刀片,嗖嗖地从四面八方掷来,从皮肤刺到骨缝。耳朵和手开始还生疼,后来就麻木了。

冬天的天说黑就黑,我不敢在陌生的寒野里孤行,只好顺着原路返回。

第二天,径直去六营村村委会,准备见见村支部书记,却"寻高人不遇"。正要给他打电话,一个穿着黑色羽绒服,拎着大红色提包的女子走进院子。急忙迎上去询问,她告诉我:"廖书记开会去了,我是李向梅,村里的妇联主席。"

我心里一喜,不如和她聊聊,听听"泥塑村"妇女的故事吧。

跟着她走进村便民服务站,一聊起妇女泥塑的话题,李向梅笑了,她竟是泥塑传人胡深大师的孙媳妇,从小喜欢画画、书法,成了胡深家族有记载以来的第六代传承人。而且,是每个工序都参与过的"80后"传人。

看着她白里透红的脸和扎在脑后的马尾,我想,这六营村真神,随便遇到一个人,都跟泥塑有着千丝万缕的联系。

李向梅忙完手头的工作,主动给我带路,去那个挖"板板土"的地方。

"很隐蔽,外地人肯定找不见。"

李向梅(左)正在给作者指路

她边说边戴上口罩、手套,将羽绒服的大帽子顶在头上,骑上白色电瓶车,在前头跑,我们开车紧跟后面。到了昨天鱼塘边的路上,她下了车,指着远处说:"现在得步行过去。"

顺着她手指的方向,我们踩着小径的干草、拨开斜伸的荒枝,抄近道向茫茫麦地深处走去。

身体渐渐走热的时候,果然看到一个经年累月形成的大坑,万泉沟早已不见了泉，只有沟，沟底长满荒草，两侧崖面布满镢头挖掘得密密印迹，这显然是取"板板土"的地方。

这些土，处在黄土的沉淀层，在河流下方，经千万年的孕育，颜色泛黑，密度大，黏度强，理论上讲，可塑性是最大的。

我不懂地质学对这种土质的分析，只固执地认为，它是上天的馈赠。

几个土坷垃，遗落在上坡的路上。我捡起来捏在掌心，果然很瓷实，即使被我攥在手心，还是棱角分明，坚守着地壳的秘密。我知道，这些土的挖、运，后期的锤打成泥，都非常费力，但正是取土的艰难与成泥的复杂，磨炼了一辈辈人的耐性。

镢头与土地在互相等待、互相撞击中，激活了"板板土"的新生。

一个镢头印，就是一股力量，一种唤醒，一次远古与当下的握手。

这些土块被运回去后，要人工敲碎、晾干，加一定比例的糯米水、棉花等，经千锤百揉，方能作为泥塑原料。人与土，就这样在热烈地碰撞和相融中亲昵，相知。

和泥巴打了一辈子交道的胡深大师，在一档电视节目中介绍说："这土一加工，做出的泥玩儿表面光滑，不裂缝。"

我小心翼翼地踏着脚下这土坷垃，它们每块都是功臣。在艺人勤劳的双手下，它们化身"泥货"，养活了这方人，帮村民渡过了难熬的饥荒年月。这"泥货"不但养了人，还是孩子的守护神，家家户户的祥瑞之物。无论精神和身体上，这"板板土"，都称得上是拯救者。

此刻，寒冬的旷野空无一人，安静极了，任我的思绪在风中驰骋。

一旦站在泥土上，人就有了根系。

我在想，既然凤翔泥塑纹饰的源头可追溯到古代的饕餮和图腾，泥塑手艺的缘起，因秦献公废除活人殉葬后，改为泥人泥马、陶俑陪葬，那么，此刻，站在古雍州之地、这个生养先秦两百九十四年的故都，我脚下的"板板土"——这些供六营村匠人捏塑的"板板土",与古代工匠捏塑秦兵马俑的土,是不是一个源流呢?

一片茫茫的寂静,笼罩着四野。又一阵风迎面而来,似乎在回答我。

大秦的兵马俑、凤翔的泥塑,在秦人的指尖重生,一定是泥土、是时光的宿命。

泥土穿越时光的脐带,用千年养分,营养出新时代的斑斓。

找到泥塑原料"板板土",了结了我在六营村的最后一个心愿。携着泥土的本色,揣着这方水土的秘密,我该载美而归了。

就让泥土,继续在泥土的世界里做梦吧。

从凤翔城区拐向244国道,居然限速40公里,缓速行驶中,一群麻雀倏忽在路面落下,眼看车要到跟前了,才"嗖"地一下迅疾飞开。一开始还担心碾着它们,如此反复几次,忽然所感:

也许,它们带来了赳赳老秦的问候。

也许,它们带着凤凰的旨意,来给我送行。

(走访时间:2021年元月)

春篇

夜不下来的村庄
——袁家村的烟火深处

用古老的金樽
盛一杯现世的香槟
把田园和都市
喝进肺腑

最中国的村庄
在春天醒来
绿了关中
红了中国

坐标：咸阳·礼泉·袁家村

袁家村——

一个有着一千三百年历史的古老村庄，一个融合一二三产的产业集群，一个代表着中国文化，创造着中国模式，引领着中国风尚的乡村生活方式的品牌……

袁家村以"关中印象体验地"为先导，通过关中生活方式的重启，召回了国民的乡村民俗记忆；通过"资源变资产，资金变股金，农民变股民"，实现村民的共同富裕，引入了3000多新村民，带动了周边10个村庄，产业链惠及上万农民。

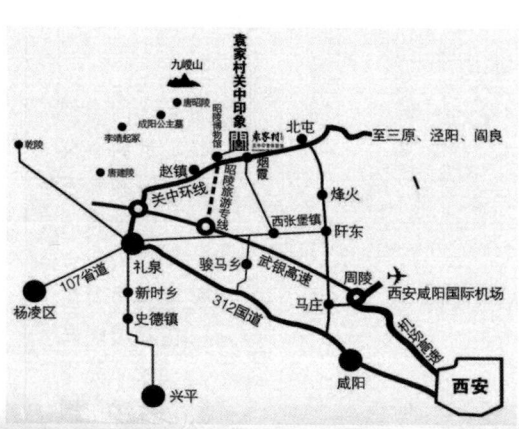

袁家村夜话

暧暧远人村，依依墟里烟。

此刻，这烟，不是墟里烟，而是早春的烟雨。我乘雨出发，去袁家村赴一场文友的春天之约。

到达时，春雨比出发时多了几分激情，袁家村街头打伞的游客，成了一朵一朵移动的花蘑菇。时间还早，索性也撑起伞，在街巷走一走，袁家村用2021年的第一场春雨迎接我，也算是对一位袁姓之人的偏爱吧。

今天雅集的发起人，是半个东道主、咸阳作协的董主席。他老家在礼泉县烟霞镇上古村，和这大名鼎鼎的袁家村仅几百米之距。因了他，每每走到袁家村牌楼高耸的南门口，可无视密集的车流量，按照董主席的叮咛，只对执勤保安说一声"上古村的"，人家就招招手，放行。

看到别的车无奈调头，被分流绕行，我就在想，上古村与袁家村啥关系？仅仅因为是邻村，就这样给面子吗？

直到读了董主席写自己村子的散文，我才知道，上古村与袁家村，本为兄弟村。上古村先祖是大唐皇帝的守灵人，千年前迁徙到此形成村庄，后人就叫古村。朝代沉浮中，古村时有族群迁入，新窑频添，地盘不断扩大，分为上古村和下古村。

袁家村本属下古村，袁氏为北宋建隆年间避难时迁入，聚族而居，作坊兴盛。康熙七年山西郭氏迁入，适逢康乾盛世，人丁兴旺，遂修祖庙盖了祠堂。后来王氏、张氏陆续迁入，繁衍生息……

新中国成立后，村中能人辈出，农田丰收，办企致富，风头日渐，出了大名。下古村的叫法逐渐瓦解，分散成袁家村、东周村和西周村。尤其是20世纪70年代，全国劳动模范郭裕禄的引领及新世纪起郭占武的"操盘"，让袁家村出脱成一颗熠熠生辉的明星，自然遮住了兄弟村的风光。

既然史上同属古村，董主席自然是"半个东道主"。有了热情、才情的他，袁家村便常来，参观昭陵博物馆、爬九嵕山，或者到渭北土塬上赏桃花、摘杏子归来，都要把车头拐到袁家村，走一走，坐一坐。

走了不远，眼前出现"祠堂街"三个大字，湿漉漉地矗立在牌匾上，仿若水汪汪的眼眸。索性沿着路牌向前，继续探寻这"中国最美乡村"的根吧。

错落有致的瓦舍，一串串大红灯笼，春风里刚刚鼓了芽苞的枝丫，纷纷为我引路。努力把小吃的香气、店铺的风情抛在脑后，一心朝着既定的方向走，不久，祠堂就呈现在眼前。

古朴的瓦屋，坐落在七级台阶之上，两侧神兽护守，沧桑中自带肃穆和庄严。一对兽首衔环的门扉上，吊着链锁。想想，敬奉列祖列宗的神圣之地，自然不对游客开放。此时的我，虽不是游客，但也是客。

门前，高擎着黄色族旗，袁、曹、张、王、郭、杨、宋、阎八大姓氏显赫旗上，随风飘动，诉说着繁衍昌盛的故事。

目光定格在呈八角形的窗户上，窗格形状像一张大蛛网，细木盘如蛛丝，一圈一圈缠绕着岁月。后退几米再看，发现这对窗户像极了一双眼睛，我追寻远古的它，它看着现在的我。

也许，只有与那对瞳孔长久对视，才可以穿越千年时空。

我在祠堂前站了很久,兀自臆想那些消逝的人和厚厚叠加的岁月里,那些风干的情感。

赶到袁家村聚会地点时,竟成了最晚的一个,醪糟、凉皮、醋粉、冻肉等几十道家乡小吃早已集体亮相。来的朋友大多是礼泉籍文化人,古法酿的大碗酒一上桌,"群贤"豪气顿生,感慨万千。

有人说,《燕山夜话》的开栏,正是1961年的这个季节,一眨眼就整整六十年了,困难时期早已远去,日子好得不可思议。

有人说,春夜喜雨,一扫疫情雾霾,袁家村的相聚、拉话,撑起了心灵的晴空。

有人说,袁家村共同致富的集体模式,别处都学了皮毛,没有九嵕山这方厚土、这山水皆阳的脉气,生不下根。

有人说,20世纪80年代,袁家村就是全省第一个安装自动交换机的村子,个别村民家里都装上了电话,当时很多城里人都做不到。

袁家村的祠堂

有人说，袁家村开铺子的艺人很多都是藏家，手艺好，道行深，胸中有匠心，眼里有"水水"。

在座的许先生，就是一个道行颇深的藏家。今天，他带了自己的新书《藏家》，专讲民间寻宝藏宝的传奇故事。开篇故事中，那个在小河渠无意捡到吕后"皇后之玺"的人，原型就是他的朋友。皇后之玺从民间被捡拾到成为陕西博物馆镇馆之宝的过程，许先生一直在追踪记录。

有人说，国宝沉睡地下、流落民间、归宿博物馆，其间的蛛丝马迹，一波三折，只有生在这一疙瘩又一疙瘩大陵跟前的人，才能了解得透。

又有人说，皇家之宝遇上守陵后裔，本就是天意嘛！

酒喝了很多，话说了很多。有人提议，干脆建一个微信群，留作纪念，群名就叫"袁家村夜话"。

夜话结束之前，众人合了影，握手道别。西安文友习惯性伸手掏手机，忽然发现口袋里的物件不是自己的。衣帽架收纳着十人的衣服，他错拿了礼泉文友的外套。两个在袁家村初识的人，此衣彼穿，竟十分合身。

我们哈哈大笑。真是气息相投，肌体相适。

走下楼，细雨如丝，落在地上，很轻很轻，雾化了眼前的世界。青砖瓦舍，作坊小铺，都已微醺。好雨知时节，也知人心。它从来不长脚，只随风潜入夜。

小桥、流水、人家、霓虹、老树、晚风，还有我迷离的双目，氤氲成一幅水墨画。揣着一胸诗情画意，走向停车场。春雨洗礼的青石路，成了镜子，眼前闪着霓虹，地上也闪着霓虹。

村口的篝火已经熄灭，空留灰烬，诉说着从前的烟火和刚刚的炽热。

只可惜，我没有广博的知识和幽默的文笔，写不出《燕山夜话》那样文笔老到、思想和情趣兼具的文章，也无法像王羲之那样，现场奋笔泼墨，一气呵成传世书法，让一次平常的雅集千古流芳。

霓虹在眼前，灯火在深处。一场春天的夜话，消散在风中。

"滴"一声,传来手机消息提示,刚刚建起的"袁家村夜话"群上竟上传了好几首诗。

从北京回来过年的张总写道:

我试图摘下春雨和月亮,铺在家乡的桌上;
把酒倒满,咽下历史叠加的惆怅,寻觅窗外奔流不息的汉唐……

半个东道主董主席写道:

让相遇相逢,铭刻时光之柱。醉了夜归人,醒着山水客。

看着看着,忽然间,一道光在脑中一闪,句子自心升起,指尖对着手机屏,我也迅及划拉了一首小诗:

常常
有夜无话
或者
有话无夜
在袁家村
有夜有话

常常
居城思村
住村恋城
在袁家村
拥村驻城

像春天一样悸动

这一天,时光慢了下来。
在春阳的盛情里,在霓虹的妩媚中,
一颗初心,渐渐苏醒。

春　阳　下

我在等待,不是等人,在等夜。

我已经没有体力,裹入春阳下如织的人流,就在御生堂蝎子酒的老铺子歇了脚。老板陈宏正在用一个大铜壶煮茶,我在一把百余年的清代老椅子上坐下,顿感气定神闲。

沧桑厚重的大门外,游客像彩色的潮水,在巷子里涌动。一个姑娘手上的泡泡油糕被挤落,油汁沾染了好几个人的衣裤,才滚到地上,瞬间就被踩散。

想起今天上午,自己虽没有像掉落的食物一样被踩散,却一度迷失了方向。

上午和咸阳作协董主席约好,在卢记豆腐坊采访。我随着蜂拥的人流,沿康庄老街西口朝那儿走,顺道在这店拍个照,那店赏赏文玩。行至路口,又被蒙着眼睛拉磨的驴吸引。景中有景,人中有人,移步换景,让我难以专心赶路。

等董主席电话来催,才发现自己在人群里乱窜一气,走错了方向。他在电话里笑道:

"弹丸之地,还能把省城来的大作家迷失了。"

我已经忘记自己所处的,只是一个村庄。

在董主席的引荐下,此刻,我方能坐在御生堂老宅里,聊天,喝茶,听老板陈宏谝袁家村的奇人奇事。

50多岁的陈宏,也是一个奇人,眼睛自带X光,每每有人走进店里,他一眼就知来人哪个部位有疾患,对其健康状况做出预判。

聊天中得知,他生于中医世家,祖上在清朝雍正年间就是太医,从小耳濡目染,便也身怀医技,尤其是治风疾。

他常跑到山脚,一不闲逛二不看风景,专门去收集蝎子。回来用二十世祖的老祖方泡制成蝎子酒,疗疾痛,治未病。治病原理和疗效的木条,被他用毛笔抄写了,端端正正挂在老墙上:

《本草纲目》记载:"全蝎息风镇痉,攻毒散结,通经止痛……"

我注意到,墙上几个镜框展示着古时的臁毒图、紫白癜风图、赤白游风图,有文字有形绘,有病理有方子。记载年代的文字虽残缺不清,但开篇都是"御"字打头,显然是皇家御医谱。

这也许就是此店名"御生堂"的来处吧。

目光从御医谱落下,看见一个七八岁的男孩,手举一只油炸小蝎子,蹲在大盆前,好奇地看着里面爬动的蝎子——这个动物,恐怕他只在书本和动漫中见过。男孩清澈的眼睛、时尚的运动卫衣、彩色的口

观看蝎子的男孩

房檐上缺失的瓦片,是一只猫开辟的"空路"

罩,给这老宅带来一股突兀的生机。

这座御生堂老宅,是陈宏从韩城寻到的,已有两百年历史的房子,买下后整体移至袁家村。陈宏当过兵,在大城市打过工做过生意,头脑灵活,十几年前来到袁家村,先从村子日常管理干起,后又在合作社入股,赚到第一桶金后,在此置业扎根,回归祖传中医。

老宅子完整移植后,陈宏又四处收罗散落民间的老物件,按照古时风水精心安放,给老宅"还魂"。马车轮子、老地契、老石磨、老话机……一窗一柱、一瓦一梁、一桌一椅、一石一盏,都有一种时间的风骨、老者的气度。

"这古韵,乃古人的血气所养,咱护佑它,它也护佑咱。那些建新如旧的仿古建筑,就没这灵气,只是硬壳。"

陈宏护佑的这老门和老物,隔开了人潮的涌动,坐在里面和他聊天,喧嚣遁去。隔门看着咫尺之外的人潮,像一帧帧旧胶卷。莫名地,我有一种置身红尘之外、时间之上的窃喜。

"喵"的一声,一只猫出现在后门顶上,竟没发现它从哪里进来。猫并不理会我们的注视,兀自沿高物攀爬。

"这猫一直飞檐走壁,走'空路'。"陈宏笑着告诉我,"它要去街对面,马路人太多,过不成,门扇、柱子、房檐、树枝,都成了它的路。"

陈宏起身出屋,把猫开辟的"空路"指给我看:门前有棵树,离房檐一米左右。屋檐距树枝最近的地方,缺了四片瓦。显然,猫过街时,就从那儿向树上起跳,时间一长,瓦片松动,必然脱落。

哈哈,在人流如潮水的袁家村,一只猫都懂得遇"水"架桥,另辟蹊径。

熙熙人间客,攘攘岁月中,袁家村的人流量,可媲美世界八大奇迹之一的秦兵马俑景区。单日最高人流量曾达到18万人次,年人流量达到600万。我看着门外兴致勃勃的游客,不由心下感慨:这么多人,能在同一天,奔向同一地,也算是一个奇迹。尽管被人流裹挟、夹击,依然"心向一处"。

这"不约而同"的魔力,也许来自天赋、地赋,但最关键的,一定是人赋。村人的手艺、村干部的思想、魄力所引爆的火花,就是这魔力吧。

细看"思想"两字的组成,不就是田地、树木、眼光和心的拥抱吗?

同心,才能托起这一切。

陈宏告诉我,以前乡村一日游时,游客来看"日光下的袁家村",

民宿度假游发展起来后,很多人就住下了,"月光下的袁家村"也热闹得很,店铺打烊都在半夜。

等待月光,我有的是耐心。

有位作家说过,"太阳是黑夜下的蛋"。黑夜无论黑或不黑,都一定是生着翅膀的。

老铜壶里的茶水再一次倒尽时,霓虹点亮。我告别陈宏,融入袁家村的夜。

霓 虹 里

黑夜,是太阳的一场沦陷。

夜幕下,白天的喧嚣散去,属于袁家村"凤箫声动,玉壶光转"的"艳遇"才真正开始。

东风夜放花千树,十万人家火烛光。红彤彤的灯笼、璀璨的霓虹,满街罗绮香尘,笑语盈盈,有一种仿佛穿越到大唐上元节的错觉。

抬头看天,一弯细瘦的上弦月,静静地看着人间。忽然意识到,今天才是月初呀,月亮还没有长圆呢。不过,无论月圆月缺,袁家村的每一夜,都如上元节,宵禁的唐人如若看到,一定羡煞。

一阵急骤的响锣和着欢快的弦板,吸引我循声而去。白天品茶掏耳捏肩的地方,竟亮起一个舞台,经典皮影武戏《刀劈韩天化》正在上演,马上的人儿打斗激烈,幕后的艺人长腔短吼,原汁原味的秦腔,浑厚、苍劲的嗓音,回荡在夜空。

场子边,偶有小孩骑在大人的脖子上看戏,乐得屁股乱颤。宋仁宗年间的历史剧情,孩子显然看不懂,却迷上幕布那活灵活现的人影。大人随着艺人带劲的唱腔,小声哼词。听的、唱的,浑身的每一个细胞都在舞动。

月光下的皮影戏

高挂着大红灯笼的童济功老茶坊正对着唱皮影戏的大场子，泥坯色的茶台、古旧的老风箱、大铜壶、红红的熬茶炉火，一下子拉远了时光。

店小二提着大铜壶，小步过来添茶。他告诉我，这茶楼的先祖姓王，清末时避灾，迁到袁家村，以收破烂为生，但他运气特好，竟收到一只乌金做的破香炉，变卖后投资经营茶馆。起名"童济功"，后来就做大了，兴盛百年。现在的王老板，已经是第五代传人。

看大戏，喝大碗茶，听店小二讲故事，有那么一刻，竟忘了今夕何年何月。久违的兴奋，自心底升起，悠然环顾四周，夜色中的眼眸，都亮晶晶的。

灯光照亮了茶坊边的一棵老树。浑身挂满密密麻麻的红绸带，散发着祥瑞高古之气。仔细看介绍，果然不是寻常树，名"太宗槐"，显然和唐太宗有关，因而入了史册。碑文中介绍道：据史书记载，太宗贞观十三年（639）十二月壬辰，在九嵕山狩猎时，曾歇息于此树下。

这棵见证过大唐盛世的老槐，大约沾了皇气，历经雷劈火烧，屹立不倒。袁家村游客律动的脚步，一点点唤醒了它，老槐不动声色地听着秦腔，闻着茶香，养精蓄锐，竟焕发了新枝。

太宗槐上的红绸

大唐早已远去，老槐，却是活着的大唐，更是时间和时代的亲历者。

所有的时光，都在这里发光。

所有的美，都在这里遇见了好。

麻木很久的心，随浅烟、茶香蒸腾着，在古槐、春月下，像新枝一样悸动。

远远看到手工红薯粉条铺子，粉条堆成山，队伍排成龙。铺名没人记住，仅百度一下"袁家村手工红薯粉"，就看到几百条评论。网友一致建议买捆粉条、吃碗酸辣粉，才算来过袁家村。

随着队伍的蜿蜒，有人没处站，双脚跨在小溪流两边。袁家村每条街都有一弯小溪流，潺潺缓缓地淌着，此刻忽然明白，也许它的流淌，就是为了安抚游客等待的焦心。

沸腾的大锅里，一团团的粉条躺在镂空的笊篱中，正在"冲浪"中生熟蜕变，时机一到，店员拎起笊篱木把，飞快扣到青花大碗里。浇上大骨熬制的汤汁，淋一勺油泼辣子，洒上葱花、芫荽、白芝麻，再捏几颗小粒花生米匀在汤上，美味便势不可挡。

一桌桌游客埋着头，咥得稀里哗啦。

好不容易端上碗，却找不到座位，忍不住香味和热气的诱惑，索性不等那方桌长条凳了，端碗站着咥。高高挑起一口，用唇齿一吮，迫不及待滑进喉眼，酸辣和麻香，筋道和柔软，都恰到好处。小幸福、小满足，顿时抚慰了疲惫的身心。

所谓烟火人生，就是此刻吧。

烙面、老酸奶、炸麻花、凉皮……一个个小吃铺子前，人气爆棚，味蕾盈动，香气缭绕。关中独有的风味，不光在日光下亢奋，也在夜风中煽情。

想起一句话："最是人间烟火色，且以美食慰风尘。"

拐进酒吧街，一下换了人间。像嫦娥奔到了月上，烟火尽散，星如雨。酒吧歌手坐在高脚凳上，对着麦克风，兀自弹唱。还好，都是民谣和老歌，每一句歌词，每一个旋律，都敲击着心扉，脚步渐渐慢了下来。

灯光妩媚，霓虹迷离，浪漫明灭。咖啡的浓郁挽着酒的浅香，像勾肩搭背的恋人，迷醉了空气。

在美食街放任了胃，就在这条情调街放任情绪吧。

眼前一处古色古香的老宅子，飘出的，却是咖啡的香醇。走近一看，原来就是有名的网红店"绒花阁"。这老屋从白水县许道村原木原瓦原样迁来，重立袁家村后，就焕发了第二春。

门口咖啡色的牌子上写着:第一家咖啡馆。显然,这主人是敢为人先的。

屋檐下挂着大红灯笼,贴着春联,门前摇曳着串串霓虹。中式建筑经营西式饮品,百年老屋迎接芳华游客,对撞、错位的感觉,在你坐下的那一刻,悄然和解。

剩下的,就是和时光谈一场恋爱。

心事,在咖啡杯里由浓到淡,由淡到浅。消逝的、蝶变的、未来的,全在此刻涌来。

也惆怅,也希望,也等待。

春心萌动。歌手唱的却是《大约在冬季》:"你问我何时归故里,我也轻声地问自己……"

归来,只为共剪西窗烛吗?是,或者不是,归,或者不归,都很

袁家村的孟加拉国店主

美好。

把你的深情，唱成我的厚谊。

把夜晚浓情，唱给蜜意的黎明。

当初的那个你、那个我，消失了很久。今夜，却邂逅在灯火阑珊处。

想起海子的一句诗："和你的心上人一起走在街上。"我想，诗中的街，就应该是袁家村的康庄老街、小吃街、书院街，还有，这条酒吧街。

走出咖啡屋时，几声烟花炸响，恍若霓虹冲天怒放，夜空顿时花朵绚烂。一时间，所有的眼睛看向天空，人群鼎沸，呼声如浪。

地上的霓虹、天上的烟花，让夜不似夜，让夜更似夜。

邂逅老手艺

老豆腐的新时代

1

香!

久违的豆香!

一走进卢记老豆腐店,与小时候熟悉的香气一下撞了个满怀。炊烟袅袅的旧时光,看不见,摸不着,此刻却充盈在鼻间。一桌桌食客沉浸在这样的香气里,眼神热烈,舌尖兴奋。

老卢刚刚从外边回来,还没听我介绍自己,先给我端来一杯冒着热气的鲜豆浆。第一口喝下去,心里冒出一句话:什么才是醇香的豆浆?城里的早餐铺子,只要卖豆浆的,都会写上"醇香豆浆"。一直以来,我以为自己喝到的,就是醇香的。

今天,这浓油的口感、乳白浓郁的浆汁,告诉舌头,什么是真正的醇和香。

老卢的办公桌上,有一份咸阳市非物质文化遗产申报表,我看到一行字:卢志强,生于1950年,烟霞镇卢家河村人。然而,眼前的老卢看上去并不老,身材不高不低、不胖不瘦,穿件深色运动夹克,身形和年轻人一样灵活。理着平头，硬挺的头发根根分明，起码，看起来比实际年龄年轻十岁。

老卢做豆腐的老到，缘于他懂"窍道"。他点豆腐，不用石膏和卤水，而是卢家独有的秘制点浆水。《卢氏族谱》记载，他世代居住的卢家河村，紧靠泾河老渡口，古时是中原与西北的货物集散地，客商云集，卢氏族人以豆腐小作坊为业，在渡口及周边贩卖。风云流转的岁月里，这老手艺随时代起伏没落，但一直没有丢。

礼泉有句俗语："世间三大苦，撑船、打铁、卖豆腐。"老辈人都知道，做豆腐要三更睡五更起，每天要浸豆子、磨浆、过渣子、烧浆、点臜压制……等驮上热腾腾的豆腐在村巷叫卖时，早已经过了多道工序。做这一行的人必须起早贪黑，挣仅能糊口的小钱。

在老卢的意识里，做豆腐除了辛苦，最磨人性子，急不得，慢不得，懒不得。做出的豆腐要软硬适可，绵软筋道。看来，中国的中庸之道，在豆腐作坊也蛮适用。做了大半辈子豆腐的老卢，说话不紧不慢，用手艺人的方式，总结着自己做豆腐的中庸之道。

不同于南方豆腐的滑嫩，卢记豆腐以瓷实筋道为特点，称北方老豆腐。老卢自制的点浆水，必须由原汁的豆腐水发酵成原浆，每天接续。对黄豆的品质，他也很挑剔。只要好，即使价高，他也用。他随手在厂房大缸里捏出一粒泡好的黄豆，告诉我："黄豆粒大，不一定出豆腐量大。豆质不好的话，影响豆腐质量，产量也少。"

"人家一斤豆子做两斤豆腐，我只做斤半。"

"做这行没有什么秘密，就是不能偷工减料，质量不过关，就给食客上不成，哈（坏）名声呢。"

人实在，做的豆腐也实在。老卢压出的豆腐表面总会浮一层浅黄色的豆油，硬度好、质地细、味道浓。参观作坊时，我看到一个工匠打开纱布，把刚刚压好的一板豆腐"呼"一声扣到台板上，它只弹了几弹，便稳稳立住,完好无损。

我忍不住用手去拍,有一种触到肌肉的感觉,心里不由冒出三个字:杠杠的。

老卢的徒弟刚开始单独操作时,有几次做失手了,豆腐软趴趴地,刀一切就碎,一煮就散;要么就是表面不光,有蜂窝。请老卢指点,老卢只看一眼,就知道问题出在哪。

"豆浆倒进锅里后,一定要大火烧开,冬天冷,温度不到,火候不到,肯定点不好。"

还有一次,徒弟压制的豆腐软硬不均,怎么也找不到原因。老卢起初怀疑徒弟加浆水不均匀,把点浆环节跟了一遍,没啥问题,便在作坊仔细排查。他的目光,一落到放浆的大瓮上,立刻明白了,吩咐徒弟:

"赶紧清洗瓮,洗完用煎水烫,烘干,要不就换个新的,这瓮以前放过油,有成分残留。"

来找老卢学艺的徒弟很多,大多从店员做起。生意最火的时候,老

卢志强的三女儿正在学做豆腐

卢带着12个店员两班倒,"白+黑"不歇气地做,每人一天做40多锅,就这,还供不应求,早上刚开门,大半就被订出去了,节假日一天能卖4万元。

"我不怕没传承人,儿女都会做,现在,徒弟也开了很多店。"

不知是做豆腐的辛劳成就了老卢,还是老卢的手艺成就了豆腐。但有一点可以肯定,老卢成就了自己,也成就了大家庭。

至今,他一直镇守着袁家村的"老根据地",不断擦亮卢记老豆腐的品牌。三个女儿、女婿和儿子都从他手下出师,在山西、西安、泾阳做着与豆腐相关的事,个个都干得不错。

"三女子扑头最好。"卢志强告诉我,三女儿学艺出师后,在西安永兴坊经营豆腐,销售额平均一天1万元,在城里买了房、买了车,成了衣食无忧的老板。

采访中,老卢用微信给我传了一份文件,卢记老豆腐刚刚被列入咸阳市第七批非物质文化遗产名录。我看到老卢的儿子卢晓康,被列为第五代传人。

2

袁家村小吃管理改革,实行股份制,成立公司后,卢记豆腐由姓"卢"变成了姓"公",家族企业变成了股份公司,"我说了算"变成了现代化制度管理。

一系列的变革中,农民老卢变成了经理老卢。豆腐还是那豆腐,老卢却不再是最初那个只会做豆腐的老卢了。现在,他是管理者,是最大的股东。豆腐的质量和口碑,和他息息相关,也和近百个股民的利益息息相关。

老卢是袁家村转型乡村旅游后,第一批被请来的小吃手艺人。十三年前,袁家村干部到各村寻找小吃老艺人,到卢家河村,听说老卢豆腐做得好，就上门做工作，请他去袁家村。

当时老卢在家里的简易作坊做豆腐，自做自销，每天驮在自行车架子上，走街串巷自由叫卖，在村庄积累了一批熟客。他根本不想贸然撤下这一切，到人生地不熟的地方，重开炉起灶。

没想到，袁家村的领导并不放弃，一次不行，就两次，并承诺：原料、场地都管，你光来做就行。老卢始终不为所动："你那就没几个人来，我做的豆腐卖给鬼去！"

第三次，村领导告诉他，不但原料、场地都提供，卖多卖少，钱都归你，每月再发工资！老卢这才有所动，心里盘算着：啥成本也不摊，就算卖不过，还能领工资么，不妨试试，不好了再回来。老卢没想到，村干部这"三顾卢家河"，会改变他的命运，改变全家人的生活。

初来袁家村，一天果然卖不了几板。销量不行，老卢就细做细熬，精心把控质量，豆腐的热香天天弥漫着整条街。三个多月后，村子的旅游业渐渐有了起色，老卢和老伴两人做，供不上了，便叫来孩子们帮忙，学艺。

游客越来越多，豆腐销量越来越好，袁家村取消了固定工资，但销售额还是全归老卢。

2009年的时候，老卢一天能卖到4000元，比他走乡串巷时一年的收入都多。2011年的时候，袁家村老豆腐随着旅游的火爆，名声大噪，营业额暴增，由单日几千元窜到几万元，用"日进斗金"形容，一点也不为过。

袁家村适时调整管理模式，"掌门人"、袁家村党支部书记郭占武召开动员大会："筹办盖一条小吃作坊街，成立合作社，入股分红，让村民共同富。"

老卢家的"金元宝"，要被大伙分，他当然舍不得。村领导多次开会宣讲政策、上门做思想工作："你们这两年也把钱挣了，不能撤下群众，搞成股份制，才能谋长远。"老卢的儿子想通了，也给父亲做工作。

"没多久就同意了，我明白大势挡不住，再说，村上说的共同富，也有道理，不能光让我吃肉，叫别人喝汤。"老卢一把入股20万元，成为最大的个体股东。

过了这道心坎，老卢又一次在新气象中新生。

村上升级乡村一日游为民宿度假游，要给他的豆腐坊和其他作坊重新规划场地，新建大厂房。老卢提前去看了地方："当时这儿还是石头滩，长着荒草，小吃街、回民街、酒吧街还是苹果地。"不过，来袁家村四年多，亲眼看到它的发展奇迹，老卢对荒滩上建作坊街，并没有太大顾虑。

"1500多平的地方，咋盖、咋布局，村上都由我来设计、把关。"这让老卢鼓满心劲。

那段时间，一边操心豆腐作坊，一边往工地跑，一天不下十趟。制作车间咋布局，原料给哪放，哪边留车辆出口，售卖、游客体验场地咋设置，他不照搬，凭自己的操作经验、实际体验感，和做豆腐一样，他相信自己能做好。

为了让一切布局最合理化，他在每一处都动脑子，权当给自家建房，倾注了全部心血。为了距离合理，他反复目测，现场用步子跨，亲自撒上白灰线标记。施工那些天，老卢跑来跑去，常忘记水杯放哪了，口干舌燥时却找不见。后来干脆就用空的酸奶瓶灌上白开水，走哪喝哪，再不担心丢杯子。

老卢说得兴起，带我走出房间，站在二楼楼道上一处一处指给我看。身后是宿舍和办公楼，眼前就是作坊和店面。老卢欣慰地说："多亏当时把店面留得大，要不，这游客还会比现在更挤。"我看到，大型磨浆机械设计的位置也很科学，浆汁出口离熬浆锅最近，运作噪音最小。

经过时间的验证,他对自己当初的设计还是满意的。

当初他有两个坚持:坚持在宿舍、办公间设计卫生间;坚持盖两层,给发展预留空间。

"当时有人反对,说每层楼建一个公共厕所就行,我觉得夜里不方便,而且维护厕所卫生也难,就坚持每个房间安装卫浴。"回头看,老卢的办公室,虽不大,但简洁整齐,卫浴显然大大提升了幸福感。

"这松木板铺的第二层,利用率也很高,晾晒、置物、改造临时厂地,都方便。现在,老书记在上面搁着蜂蜜。"

看来,做传统豆腐的老卢,还有着超前的判断力。袁家村这地方待久了,人都聪慧。

3

中午饭就在老卢的豆腐铺子解决。为避开满屋子挨挨挤挤的食客,他带我们出了侧门,在通往宿办楼的过道上摆了两张古朴的方桌和数条长凳。

老卢端来了豆腐午餐。第一种是蘸汁老豆腐:只见碗里的老豆腐切成薄厚适中的条状,点缀几片绿叶菜,另配一小碗油汪汪的香辣蘸汁。我迫不及待夹起一片豆腐,裹上蘸汁细品,果然油香有嚼头,像馒头疙瘩一样耐饥,朴素的豆香,不刻意谄媚舌头,却让人回味绵长。

卢记蘸汁老豆腐、豆花

另一种吃食叫鲜豆花。豆花舒展在汤汁里，半边盖着炒韭菜，半边浇着油泼辣子汁，一眼看上去，半边红油半边绿，在阳光下闪着晶亮的光泽。拨开红油和绿韭，一团一团的絮状豆花，极像天上的云朵。一勺一勺从边上吃起，入口既松软，又有筋丝，不像城里的，勺子一搅就散。

老卢告诉我，豆花里的汤汁，是点豆腐的纯浆水，养胃，营养好。老卢的"自夸"全是家常话，语气始终平静，表情不动声色，骨子里却铿锵着自信的硬核。我吃完豆花时，不知不觉把浆水汁也喝了个光，干脆将空碗底朝天向老卢亮了亮："卢总，我用空碗，向您的手艺致敬。"

老卢扶了扶圆片眼镜，憨憨地笑道："再给你来一碗！"

再吃一碗，显然不成。否则，会被那个喜欢吃蜜饯豆腐面筋的苏东坡笑话的，啥时能像他一样吃得节制、有情调，就好了。

还有那个叫吴自牧的南宋人，在他的《梦粱录》里记录了，京城临安的酒铺卖豆腐脑和煎豆腐。看来古人对豆腐丰富的吃法，也不亚于今人。

民间相传，豆腐是汉高祖刘邦之孙——淮南王刘安发明。说他在八公山上烧药炼丹时，偶然以石膏点豆汁，发现这食物解饥又解渴，称之为豆腐，后广为流传。是不是真的，历代都有争论。

化学史家袁翰青据文献和前人诗作、著作推算，以为五代时期才有豆腐；日本有学者反复研究五代的《清异录》，则认为豆腐起源于唐朝末期。看来，江山需得文人捧，美食也一样。传统豆腐要寻到源头，搞清身世，还得仰仗古代文人的笔头。

此刻的我，无意深究这些。重要的是，千年后的此刻，我在古村，与古人共享同样的美食。老卢世代传承的手艺可以作证，头顶上从上古走来的春阳，可以作证。

长长的过道中间，匠心独具地栽着松和竹，茂密的绿叶在春风吹拂下不时点头，仿佛也想给我诉说什么。虽然它不知豆腐的前生，但今世，它天天闻着豆香长大，是最有资格的见证者。

关中有一句话：有肉不吃豆腐。美食界也有一句老话：豆腐就是植物肉——不含胆固醇，却有足够多的不饱和脂肪酸。我想，无论褒还是贬，豆腐能和肉相提并论，也是豆腐之幸吧。显然，豆腐在饮食界的地位，算不上老大，却也高高在上。

我吃饱了，老卢却没有端碗，也没有上公司的食堂。他的午饭，通常在家吃。他在附近买了家属楼，老伴在家精心给他做一日三餐，搭配营养。和相濡以沫的老伴、心爱的豆腐作坊在一起，生活闹中有静，忙中有闲，家和事业两相顾，显然是一种幸福。

"袁家村成就了你，是你的福地。"老卢笑着点头，认可我这话。如果说前四年还是客，那么从自主设计建作坊的那一天起，袁家村在他心里，就成了第二故乡。

现在，老卢与儿子一起领衔的"袁家村豆腐股份公司"，年产值达800多万元，成为国家AAAA级景区名牌产品、中华老字号。丰厚的营业额和响当当的品牌名气、公司高管的身份、最大股东的优渥收益，是原先那个走街串巷卖豆腐的老卢，做梦也想不到的。

老卢的豆腐史，或者说发家展，就是袁家村的发展史。

老卢给袁家村做出了品牌，袁家村给了老卢挣钱、展艺的平台。

一个人和一种手工艺、一个人和一个村、一个人和一个时代的蒸腾，全在人间烟火中。

袁家村里，这些小日子和大日子的故事，还在继续。

寻趣铜匠铺

铜匠潘宏的铺子，位置很特别。

在小吃街通向作坊街的一条百米小巷里，左侧墙根卧一排硕大的酒坛，右边立一间"人"字屋脊的小铺，一门一窗古旧斑驳，房檐上还覆着一层茅草。乍一看，成人会想起茅庐，小孩会以为是动漫屋，设计得古朴而又文艺。

走进去，四周全是铜质物件，香炉、坐佛、茶壶、青铜鼎、小动物摆件……暖黄色的射灯打在展台上，为所有物什披上一层朦胧的色彩。一眼看到高处手工打制的大铜壶，长嘴如斜柱，高

铜铺外景

高擎上，似乎等待着身怀绝技的冲茶艺人。

店主潘宏看上去也很特别。两鬓、后脑头发全部剃短，露出头皮，脑门却留一茶壶盖大小的长发，烫成微卷，全梳向左侧，时尚前卫，却穿了一件中式盘扣黑袄，这混搭风，在他身上竟很和谐。

我进去的时候，他正低头在摆弄一件香炉，向他请教香炉工艺，自自然然地聊起来。

40岁的潘宏不是袁家村本地人，祖籍武功，生在礼泉，父辈就是铜匠。十多年前，他怀揣铜匠手艺，漂在广州。袁家村打造作坊街时，缺个铜铺，就把他请回来了。

门边一尊造型新颖的黑色佛像，弧线优美、全身油亮光滑，吸引了我，误以为是玉质。潘宏耐心给我这个铜艺小白普及铜工艺，又指着架子的物件，告诉我哪个是纯手工打的，哪个是模具铸的，哪件是他的作品，哪件是代销的。

货架上置着一个铜铸的大酒爵，见我对它感兴趣，潘宏拿起酒爵，并不谈熔铜水、铸模、回炉、反复打磨这些过程的艰辛，只是略显神秘地说："上面这立柱起啥作用，猜猜？"

我只知道，酒爵底部的三只腿，代表三足鼎立，至于倒酒流槽中间的这两根立柱，还真没深究过。仔细看，立柱顶部被精心打磨成小蘑菇状，心想可能是一种装饰吧。

潘宏说："古人喝酒有节制，不会喝到底朝天，就是因为它。一旦扬得太高，这两个杆会碰到鼻子，所以喝到适当程度就停下来，喝不过头。成语'适可而止'就是从这酒爵上来的。"

我隐约记得这成语出自孔子，劝人不多食。北宋朱熹将它引申为不要贪心。但和这酒爵中的小立柱到底有无关系，不得而知。潘师傅以自己的匠心，如此解读，蛮有道理。不必深究对不对，有趣就好。

细看这间店铺，虽不大，却藏着一些明清时期的老物件，高低静置，古意深邃。

"最老的，是这张桌子，至少两百年。"潘宏说。

低头一看，潘宏倚着的桌子，果然是老迈之躯，花纹、漆色、把手上的环扣，都已斑驳，柜扇早合不拢，唯两侧阳雕的花瓶，逼真清晰。

潘宏很乐意讲这件宝贝的来历。有一天开车赶路，遇到一个收破烂的，三轮车上装满废旧物品，正要送到垃圾站，最上面就放着这个柜子。他赶紧下车，没怎么搞价，就买了下来。拉回作坊，把修铜的简单工具放在上面，与四周玩物竟很和谐。

得来全不费工夫。其实，还是他有眼光、有敬畏古物的匠心，才成就了他和这宝贝的缘分。

潘宏的铜铺不大，重量级的顾客却不少，经常有人找他鉴别老铜、定做铜器。一天，老顾客打来电话：你修复藏壶不？一个朋友壶把有点问题，你给看看。

铜铺里的手工老茶壶

几天后,这朋友介绍的广东人,大清早就等在潘宏的铜铺门口。他接过壶一看,知道价值不菲,而且是日本货。他早年在广东打拼,知道广东人喜藏此类铜质壶,市场价在20万元左右。但来人却隐瞒了爱壶的价格。

"不是怕露富,是怕挨宰。"潘宏理解藏家的心理,并不戳破,只对来人说:"这样吧,咱俩写个修损免责声明,修好了,我免费。万一出现不测,你要免责。"

来人犹豫了一下,答应了。潘宏又说:"你大老远从广东来一趟不容易,先去看看关中民俗吧,逛完来取。"

藏壶主人逛完回到铜匠店铺,急忙拎上爱壶细细察看,修复痕迹几乎看不到,高兴极了。第一反应是给潘宏钱。潘宏摇头:咱提前说的不要钱,再说了,把你介绍来的朋友是我的老客,就当是做售后服务。

后来这广东藏家才告诉潘宏,为修复爱壶,他找了好几个工匠,有的说修不成,凑合着用吧,有的说自己没把握,有的则漫天要价。而潘宏不仅识货,还敢接这活,他当时就觉得有希望。

潘宏顺手拿过一个壶,指着壶把和壶身结合处,向我比画着:"看上去只是环扣错位了，上虎钳夹一下就行。但就是这点修正，很见功夫，用力大小和角度要丝毫不差，否则很容易断，把聋子治成了哑巴。"

"我把他支走，不让他看过程，怕他心里不稳。"

这个广东客户，从此成了潘宏的粉丝，常微信联系，只要有了好货，就让给他留着，还经常给潘宏介绍买主。

小铜匠，不仅是传统技艺上的熔水、打磨、精进，而且更识人、识货，连接大人生。这是潘宏优于父辈之处。

走时，潘宏在柜子里翻出一本书《漫步袁家村》。我拿到手一看，眼都绿了，内容正是我心心相念要找的资料。急忙掏出手机，准备把重要的章节拍下来。

"不用拍，送给你。"

"那我买下吧。"

"不要钱，东西要送给热爱它的人。"

意外之喜，意外之获。

我并没有告诉潘宏自己准备写袁家村，也没有流露出要写他的意思，之前素不相识，今天萍水相逢，不知道他怎么会断定，这本书的主人，应该是我。

我过意不去，在店里买了两个雕成"知了"形状的钥匙链。潘宏说，"知了"的人，便是得道之人，在地下修行八年，才会一鸣惊人。我想，这大概就是设计者的匠心和寓意吧。潘宏不就是经过了漫长的蛰伏，才有了今天的"一鸣惊我"吗？

潘宏细心地包好钥匙链，递给我说："这个挺耐用，知了会越磨越亮。"

越磨越亮，多好。人打磨岁月，岁月打磨人，全在这铜器之上。

走出店铺，街上，依然人流熙熙。我回头再看一眼这家铜匠铺，依然很特别、很神秘。

皮 影 有 影

时光有影子,每个人也有自己的影子。

皮影匠人的影子,就在他的刻刀中、在他的唱腔中、在他指尖和心的律动中、在他思接千古的故事中。

有专家认为,电影起源于两千年前的皮影。陕西人说,秦腔最初也起源于皮影。我想,这不是陕西人的偏爱,一个一个揣着一肚子忠奸贤恶唱词、一代一代舞动生旦净末丑的民间艺人,就是活生生的见证。

南产分,是我在袁家村见到的皮影表演艺人。一听名字,就知是"土改"时出生的。第一印象,清瘦,却极其精神,浑身仿佛有使不完的劲儿。第二感觉,热情,虽然眼窝深陷,看人却清亮灵动。

70岁的他,15岁就向师傅学习表演,30岁才出师单干。无论穷富,一生都没离开过皮影。

《娘娘滚相公》《征东》《卖杂货》等年轻时的老戏,他一直刻在心里,他手抄的500多部剧本,现在还保存在家里。

四年前,南师傅被请到袁家村,在"关中非遗文化传承馆"专为游客表演皮影。

一拨一拨的游客来看皮影,我和南师傅的

南师傅教小孩舞皮影

交谈也一直是断断续续的,只能是在两场表演的间隙。

得到他的允许,我走到表演幕布后。游客欣赏皮影戏,而我,在幕后欣赏表演艺人。

南师傅表演的是折子武戏,两将士骑在马上激烈厮杀,只见他稳坐凳上,胳膊左伸右拉,嘴巴半张,轻吐戏词。弦板锵锵,刀刃铮铮,听得我浑身振奋。

再看舞台两边的对联"一口诉说千古事,双手舞动百万兵",写的正是皮影艺人的高光时刻。

南师傅递给我一个皮影小人,教我如何让人物转身,起跳,挥臂。男人怎么走,女人怎么走,正旦、媚旦怎么走,步态、身姿都不一样,要区分人物身份、心性……

我听着听着,头都大了。南师傅笑道:急不得,慢慢体悟。

张氏皮影门前

举着手中的小木棒，看着人物的动作，忽然想到，这皮影表演，后台即前台，白幕布就是屏幕，皮影艺人，不就是最早的直播者么。

南师傅告诉我，皮影过去叫"四人忙"，四人一组，敲家伙唱戏表演全肩挑。他所在的兴平市马嵬镇王侯村，逢红白喜事、庙会，或者生产队下了牛犊，都会被请去表演。

在南师傅的记忆里，皮影戏表演时在马车上搭棚子，蒙一块白布，吊一盏油灯，锣一敲，弦板一响，一台戏就开演了。乡亲们或端着碗站着，或拎来小凳坐着，有的干脆屁股下垫块砖，看得津津有味。小孩子看不懂，在一边跑来跑去凑热闹。

看者嗨，唱者更嗨。

后来，电影演到农村，电视机普及家家户户，皮影演得越来越少，再后来，人都出门打工去了，一年都演不下几场。

"现在，皮影戏到了景区，又兴旺了，五湖四海游客都来了，得好好宣传。"南师傅说。

对皮影戏的回归，南师傅有自己的认识："过去是为了养家糊口，现在，变成了传统文化。"

从民间草台到大雅之堂，从村民自娱到唱给游客，唱给世界，中华文明生生不息。

一幕表演刚结束，一个五六岁的小男孩跑进幕后，也要学舞皮影。南师傅递给小男孩一只大公鸡，教他在幕布上跳动，孩子兴奋得眼睛发光。一时间，又涌进几个孩子，南师傅早有所备，变戏法般地拿出孙悟空、白龙马递给他们。

我用相机，拍下了一群孩子围在南师傅身边的镜头。这是皮影的时光之遇，也是未来之光。

关中非遗馆的皮影戏还在边萦绕，不承想，在康庄老街西口又遇见一间挂着"张氏皮影"牌匾的老屋。泥皮墙外面，陈列着一对大马车轱辘，屋檐下悬着一对旧帆船，很吸睛。既是装饰，又暗合着皮影戏水陆表演的旧时光。

街上已是华灯初上，张师傅坐在正对着门的一张桌上，台灯把他的眼睛照得很亮，刻板上正在完成的皮影，纤毫毕现。身后的墙上，有一张牌匾：礼泉县省级非物质文化遗产传习所。我虽然很累，一见此情此景，仿若浑身打了鸡血，又有了聆听的欲望。

张师傅叫张志合，69岁，从事皮影四十余年。他的老父亲20世纪50年代就代表国家，演皮影戏慰问回国志愿军。以老人家名字命名的张国正皮影社，70年代参加全国演出时，新编小戏《一棵苗》，创造技法是让皮影人抽烟，缭绕盘旋的烟雾让礼泉皮影名扬全国。

只可惜，我来袁家村的今天，这个见证、创造了礼泉皮影无数辉煌的老人，刚刚去世一百天。

老人去世的那天中午，还和大儿子在院子扯话。张师傅下午外出演戏，接到电话赶回家，人就没了。

"老父亲活了99岁，在9月9日重阳节去世，一辈子从事皮影，一天都没躺过。"

本来，张志合兄弟早早就商议过，好好给老父亲过个百岁大寿，却落了空。不过，生命终结在这样的良辰吉日，且无疾而终，我想，也算是皮影赐给这个老人的福报吧。

戏里是人物，戏外才是人生。

受父亲、哥哥的影响，张师傅很早就接触皮影，入戏很快，而且头弦、二胡样样行，一台戏标准四至六人，他们父子三人就能全部承担。过去外出表演，大多是由人家点戏，因此皮影艺人要熟背好多剧本。张师傅家里原先就有很多传下来的老戏本。

有藏家知道后，上门收购，连剧本带装本子的箱子，价位给到880元。张师傅说："那时候已经是一笔大钱了。尽管全家无米下锅，但也只卖了一部分，主要是舍不得。"

张师傅的哥哥张志荣不但会刻皮影，会唱戏，还会编戏，修订、改编了近百本戏。他当兵出身，体质好，骑自行车四处跑，收集故事，后来，还写了一本皮影的书。2020年12月，张师傅还和哥哥在延安鲁艺参加了清华大学组织的皮影艺术研讨会。张师傅的儿子也在清华大学进修皮影。张氏皮影家族，被清华大学的相关专业作为重点研究对象。

张师傅除了演和唱，还有一手刻工绝活，皮影铺里挂的、悬的、立着的皮影，很多出自他之手。雕工精细，造型优美，多是典型人物的传统图谱，关公舞大刀、诸葛亮持羽扇等，衣饰、帽型、手持器物，一看就认识。

尽管来看热闹的多，但买的人少，学的人更少，张师傅还是整日不离他的刻板，运用各种刻皮影的工具，给游客现场演示。一本厚厚的勾线人物脸谱图，已经被他翻得卷起，在他心里，人物造型把握好了，雕刻和上色的工序才能出彩、出神。

"一张牛皮藏满喜怒哀乐，半边人脸收尽忠奸贤恶。"曾经，老艺人用雕刻工艺和弦板唱腔，演绎着爱恨情仇。如今，世人的爱恨情仇依然在，只是老艺人们正在远去。

在陕西人心中，礼泉是西路皮影的发源地，20世纪70年代是全国闻名的"小戏之乡"。现在，弦板腔又是礼泉县灿烂的文化名片，所以时有内行人、研究者寻来，讨论皮影戏，面前的这把椅

皮影铺里的张师傅

子上,经常会坐着田野调查的高校教授、搜集论文素材的研究生,还有文化人、文体局官员,话题从雕刻技艺、唱腔,到戏本、传承人,无所不包。

这让张师傅心有所慰,也是他在袁家村守着这个皮影铺子的初衷。

浮生如影,无论繁华清寂,张师傅父子的一生早已融入这一辈子的唱刻中,唱尽天下史事,琢下时光之影。

皮影如岁月的皮肤,布满皱皱。每一个皮影艺人的皱皱,都藏着中国故事,每一个皮影艺人的背影,都值得敬重。

霓裳布衣曲

蓝布幌子高挂,四方窗子像个木框,框里坐着店家,窗前置一长凳。屁股朝凳上一坐,感觉自个儿成了一幅画。

眼朝"框"里一看,时光立刻倒流,纺织时代开启了。

永泰和布庄窗口

屋内很宽敞，几台织布机一字排开，机上的彩线和梭子虽然静默着，"哐当哐当"的机杼声，却自心间升起。方块格子的老粗布一摞一摞，色彩纹路各不相同，粗布床单、枕头、手缝的布兜，花布拼接的帽子、沙包……每一件，都惊喜了我的眼睛，思绪瞬间闪回童年。

陕西关中有传统风俗，父母要为出嫁的女儿陪嫁，缺不得手织布床单。每逢哪家有女儿出嫁，都要将准备好的各种花色床单、刺绣门帘、花布枕头，五彩缤纷地展示在嫁妆架子上，接受村人品评。

织布工艺复杂，娘家需早早准备，母亲要亲手赶制，或者请自家户能行的妇女帮忙。手穿梭子脚踩板，配合要协调，劲还要使均匀，不是谁都能驾驭得了的。

织布、缝纫的忙碌中，别离的忧伤、新生活的甜蜜，在屋里屋外弥漫，交织。

不知从什么时候起，老粗布的温情渐渐薄凉，家家买成品，户户赶时髦，织布机冷落墙角，布满了灰尘。就在它几乎要消失的时候，居然时来运转，在手工艺合作社里，发挥它的"夕阳红"了。

与我想象的不同，今儿铺里坐着的，不是"巧娘"，而是一个五大三粗的"巧夫"，他正在给粗布枕头里灌荞麦芯，为了装得瓷实，不时用木尺使劲朝下捅。很快，粗布枕皮鼓如气袋，他麻利地穿针引线，熟练地缝口。我接过一看，几乎找不到刚刚的收口，整齐无痕，完美！

"巧夫"姓李，已经54岁了，2007年就从三里外的村子来袁家村打工。他告诉我，店里这些老布和手工，专门有社员在家里做，他在合作社里入了股，又在店里打工，挣份工资。见我话长，他说："旁边有个大门，你可以进来参观。"

刚才只顾抢坐窗边了，没发现再朝前两三步，就是布坊大门，木匾上写着三个字"永泰和"。

一进去，就看到墙上一张布坊工艺流程图，原来每一块布，要从地

并排放置的织布机

里采棉初始,弹成棉花,制成棉线穗子,经过纺线、经线、印布、织布多道手工程序,才能成匹。

想起小时候,常看到邻居婶婶、嫂子们排列五彩棉线,一道一道绷得直直的,从院子一直扯到街道上。孩童的眼睛里,只觉得好看、好玩,像在摆弄彩虹。那时虽不知大人们经布的辛苦,但也朦朦胧胧感受得到,那彻夜"嘤嘤嗡嗡"的纺织声、"哐当哐当"的机杼声,温暖而苦涩。

走进里间,九点多的朝阳恰巧照在织机雪白的棉线上,斑驳的机身立在暗处,一眼望去,光影明灭,恰似织机的命运。

十几台纺车大多架在高处,跟前不高不低的这一架,上面贴着纸条:现场体验纺线。但我没有勇气,怕弄坏了,要给店主添麻烦。

我在老布坊逗留了很久,好在这位当班"巧夫"阅人无数,也不嫌烦,任我在布坊自我煽情。和所有游客一样,我贪恋老粗布上棉花、纤维混合的清香,更怀念那逝去的旧光阴、慢日子里的温情,还有,像老粗布一样,粗而不糙的生活。

老粗布遇到了新时代,在袁家村,又幸运迎来了第二春。如今,它的身价早已高涨。布与人,两相欣慰。那些"当户织"的当代木兰,舞起了新时代的霓裳布衣曲。

站在织布机前,我忽然来了灵感,想了一首霓裳布衣曲唱词:

从一根梭子出发,
编织经纬的芳华。
唧唧复唧唧,
吟唱着木兰的梦想。

织梭就是使者,
穿过哪里,
哪里就有了时空的交媾。

旖旎绵长的布,
像天上的虹。
不!
那是——
生活的袍子,
心灵的锦缎,
霓裳的初心。

红的辣子,红的日子

三个正在悠悠滚动的石碾,研磨着大碾盘上的辣椒,一圈赶着一圈,毫不含糊。头顶方帕、身穿红袄、系着花格围裙的妇女,不时用小扫把将落至边缘的辣片拨回队伍。

空气里，散发着浓烈的辣香，熟悉的呛味不时撩拨着喉咙。

作坊四周，一串串饱满的秦椒被编成长辫，挨挨挤挤垂下，垂成一排排红帘子，吸引着游客的目光，却又兀自垂帘听笑。

这就是袁家村大名鼎鼎的辣子作坊。店铺有一个颇具古风的名字：天一阁。此天一阁和余秋雨笔下藏书的天一阁，应该没有关系，但我想，主人一定也想借《易经》"天一生水"之意，中和火辣之气吧。

作坊对面的墙上，一串串辣子辫铺成红布，五颗黄色五角星环绕在红布上，竟组成了一面辣椒红旗。"红旗"上方，挂着一排筛子，每个筛子底部各印着一个红字，六个筛子拼成一句话："民致富，报党恩。"高大上的话，出现在这天然的作坊里，朴素自然，字字含情。

正是火辣辣的生活，才成就了火辣辣的心。放眼这些大老远奔来的游客，哪个不是来寻吃，来寻开心，来安妥身心、安享亲情的？无论出自哪一个动机，哪一种快乐，如今只道是平常，但在战争年代、烽烟岁月中，这些全是奢侈。

辣子辫组成的五星红旗

如今，日子红火了辣子，辣子也红火了日子。

袁家村的这些手工作坊，大都是"前店后厂"，但我没有去辣子铺的后厂，并不是辣子工艺不复杂，而是

石磨正在碾辣子

袁家村这辣子合作社社长陈宏本身就是袁家村食品安全管理员，质量当然丝毫不敢马虎，一定是最优质的原料，最精心地制作。

而且，从店面布局来看，原料和碾磨、筛拣工艺，皆展示在游人的眼前。

正参观时，师傅要油泼辣子了。锅边，一盆辣子面早已准备好，待一大锅热油刚刚翻滚，师傅将大勺伸进去，将舀出的菜籽油转着圆圈，均匀浇在辣子面里，随着"刺啦刺啦"的声响，辣子表面瞬间冒起泡泡，香气四溢。

接着，第二勺油泼上去，声响小了，但香气更浓。师傅边搅动边告诉我要点：油温不能太高，容易变色，也不能太低，出不来味。最好油泼三次，才能浸透。

待第三勺油泼进去后，辣子面儿平静地拥着它的"红湖"，泛着晶莹的湖光，它和油已经深度互融，难分难舍了。

台面上备了小块锅盔馍，我用手捏了一块，蘸上师傅刚刚泼好的油泼辣子送进嘴里，口感醇厚香浓，并不像看上去那么辣。咀嚼锅盔中，辣子和油的烈度慢慢释放，唇齿生香。陕西八大怪中，有"油泼辣子一道菜"。我想，这菜地道的味道，尽在袁家村的辣子中。

在陈宏微信发我的名片上，看到了合作社几百亩秦椒种植基地，正是辣椒成熟的季节，放眼望去，一望无际的红，一直红到天尽头。忽然感到，辣椒虽不是花朵，却也有一颗怒放的红心。

礼泉土厚地肥，生长的秦椒肉厚，纤长，色彩诱人，颜值很高，但摘下来后，还要经风吹太阳"烤"，然后由人的指尖"选秀"，留下来的，才能有幸在袁家村的石磨下粉身、裂变。

陈宏还告诉我："磨辣子的石磨，是清代康熙年间的，碾盘上面有记载。"

我总记着他的这话，有一天采访完，特意跑去看，店员指着最外面的那个大碾说："咦，就是它。"

此刻，天已黑透，磨盘身上，还盖着厚厚一层辣子，任石碾不紧不慢地滚着，让我没法近身，去细找它老身上的文字胎记。便问店员啥时可来仔细瞧瞧，回答说：买辣子的人太多，早上6点就起磨了，晚上10点以后才停。

只好作罢。

自此，总感觉这作坊磨出的辣子面，平白高贵起来。

埙曲自村口来

漫步康庄老街西口，耳边传来一阵呜咽的乐曲，低沉悠远，深厚神秘。熟悉的曲谱，却流散着远古的况味。心顿时一跳：是埙声！不由肃然而立，四下寻觅。

目光穿过熙攘的人群，寻到一家陶埙坊。30多岁的店主站在门口，鼓着腮帮，对着话筒忘情吹奏。

爱恋伊，爱恋伊，

愿今生常相随。

说什么王权富贵，

怕什么戒律清规，

只愿天长地久，

与我意中人儿紧相随。

渐渐记起来，这是《西游记》的插曲《女儿情》。深情的爱、思念的苦，被店主用这上古之器吹得缠绵雍容，渗透着一种摄魂的混沌。亘古的爱恋，幻化成天籁之音，穿过喧嚣，弥漫在村子上空，萦绕在游客的耳边。

人潮涌动的袁家村，在这幽深婉扬的远古回响中，慢慢静成一幅画。

围观的游客越来越多，拍视频、拍照，或跟着小声哼唱。小孩开始拽着大人，进了店里。

吹埙人并不急于招呼顾客，专心吹着他的埙曲。身后的铺子里，梨形埙、葫芦埙、笔筒埙、牛头埙，正等待着有缘人。门口，埙形状的钥匙链、挂件、哨子等文创产品，用挂绳坠在伞状的展示架上，随风轻晃。看来，古老陶埙在后世的新创意中，有了多种变身。

埙作为迄今为止发现最早的古代吹奏乐器，早在西

康庄街的吹埙人

安半坡遗址考古中,就惊世亮相。古老先民的智慧与匠心,形而上的精神之乐,播下一棵文明的种子,繁衍了漫漫时光。《诗经·小雅》中的"伯氏吹埙,仲氏吹篪",更是永恒了埙篪的和谐之音、和睦之情。

不可置疑,埙器这尤物被古人造出来,已经在世间响彻了六千余年,我却一直只闻其名,未近其身。只记得贾平凹《废都》里,有一个落魄的西京文人周敏,苦闷时常在城墙头上吹埙。对埙的最初认知,就来自他的书中。

一次偶然,才与它相知。

五年前的秋天,陕西文化人孙见喜老师邀我去拜访一位制埙人。他开车载我,至终南山下的一个村里。进了一户院子,就走进一个埙的世界,软泥刚刚捏塑的,正在锅炉里烧炼的,已经出炉的……一只埙被赋予生命的过程,或者说一堆土疙瘩变雅器的过程,一览无余。

制埙人姓阴,隐居在村里烧制埙、演奏埙。经过他一番介绍,我才知道,制作埙要经过选土洗泥、醒泥、拉坯、修胎、开孔、阴干、烧制七大步骤,光醒泥期就要一年。

上帝用泥捏了人,人便用泥捏了这埙。

那天,制埙人和孙见喜老师谈得兴起,即兴演奏,我听不懂曲谱,却被那种怆然之情、幽独之境深深打动。走时,主人赠给我们一只亲手做的埙。我双手接过,不由放在唇边,深吸一口气,缓缓举埙吹去,它竟然发出短促的响声。

那是我第一次接触埙,对这个神秘的乐器,内心充满敬畏。兴奋地拿了曲谱,回家特意准备了一个硬皮笔记本,在封面上郑重写下一句话:学埙记。

遗憾的是,没有坚持下去。离开了旷古的村庄,离开泥土和地气,在城市逼仄的"鸽子笼"里,埙似乎失了灵气,声音哑而短促,甚或咋吹也不响,更谈不上像制埙者一样吹出叠音、打音、滑音、气震音。

但我时常拿出埙来把玩。净手，打开手机收藏的埙曲，将光滑沉实的陶埙握在掌心，用我的体温唤醒它，津液滋养它，那黝黝黑釉吸了人气，渐渐沁亮油润。

今天，在袁家村听到熟悉的埙曲，一下想起了我的埙，想起终南山上的那个制埙人，想起贾平凹的一句话："埙声像硫酸一样能灼蚀我。"我不知道，眼前这些静默的埙，是不是由终南山烧制而来，我也不知道，这个吹埙人自哪而来，有怎样的故事，但可以确定的是，在袁家村的泥土之上，天空之下，人潮之中，这些八音孔、十音孔里，透着空气、古气、灵气。

每一个埙器，都是黄土在火中淬炼而出的灵魂。

每一曲埙乐，都是历史的回音、大地的回响、心灵的回应。

纷纷思绪中，一曲埙乐终了。吹埙人进了店铺，人声重新鼎沸。我从埙曲营造的意境里醒来，眼前依然布幌子高悬，老屋、古碑肃然，不时有手持直播杆的游客擦肩而过。老时光和新时代，在眼前变幻交织，不知是现代人回到了从前，还是古人穿越到现代。

这康庄老街，分明就是一条时光隧道。

幽幽埙音，吹尽了一个村庄的晨昏和风雨、悲喜和丰收、凋敝和兴旺、探索和奋进。

袁家村力量

　　袁家村的包容是啥，就是你有能力你来干，我们能驾驭了就行。我们能驾驭有能力的人，就是我们的本事，我们能把有能力的人拉到一个跑道上跑，就是我们的本事。

——袁家村郭占武书记

　　驾驭，跑道，跑，是这句话最有力量的三组词。

　　动词在无穷动，名词也大有名堂：跑道，怎样的"跑道"？这跑道通向哪里？

　　无疑，这需高瞻远瞩，还得达成共识。

　　前提是，这条跑道，必须看得见希望，盼得到美好。

店主的誓言

　　老吕粉汤羊血店门前，我看到一面黄色的木质牌，上面写着这样几行字——

　　店主发誓承诺：原材料如果掺假，甘愿八辈受穷！

紧接着是一行小字，公示原材料追踪链，配料采购处，就连骨头汤的水、骨配比，都写得清清楚楚。

承诺书上，还贴着一家四口彩色的合照，孩子看上去十来岁。

进店品尝，羊血切成长方条，鲜嫩光滑，锅盔酥脆，粉条筋道，汤汁鲜香。索性大快朵颐。

"快过来尝尝，这儿有家粉汤羊血，嚓咋咧。"抬头一看，一位食客一边打着电话，一边把筷头上的羊血往嘴里塞。看来，对于特色美食，舌齿都是无法抗拒的。

店主的誓言

吃完出门，碰到一家五香干馍店，也挂了同样的牌子。店主重誓承诺：面粉、菜籽油、调料，均来自袁家村作坊。监管：袁家村小吃街协会、村民委员会、袁家村旅游管理公司。

沿着小吃街走走看看，很快发现，原来这条小吃街的每个店家，都挂着承诺牌。有人承诺原材料出自手工作坊，有的发誓如果食品掺假，天打五雷轰。毒言毒语，或者说心言心语，引得游客驻足默念，甚或举起相机拍特写。

袁家村合作社社长陈宏主要负责食品安全、卫生。他道出了发誓牌的缘由："小吃街建成时，本来想用制度管理，但是刚撂下铁锨、锄头，在黄土地里劳作的农民根本不看文字，更不认制度，对他们没有约束力。"

对制度不愿看，压根没有食品质量意识的乡亲，村干部想出了一个农民都认的办法，就是自己给自己发誓。

起誓牌刚挂出来不久，相关部门来检查，村里赶紧让先撤下。没想到将这做法汇报后，当即得到领导的认可："民间的事，就有民间的方式，用这种土方法管农民，接地气，效果好。"

乡规民约的道德约束力，在袁家村根深蒂固，有着至高的力量。

家家遵循誓言，整个原材料链条和制作都进入良性循环。绿色原料，绿色制作。村干部将这种管理方式戏称为：一颗红心、两片绿色。

整条小吃街，店铺林立，一家知道一家的底细，店铺与店铺常年合作，良性循环，互为依赖，牢固的情感和合作方式，早已成为心灵的契约。

这样的食物，游客吃的是美味，更是定心丸。

前几次来袁家村，只觉得小吃可口，并没有了解它好在哪里。这次才真正领略了这个村庄的不同凡响，还有对质量的严苛：炸麻花的油三锅必换，小吃铺不许放冰箱，

陕西八大怪

保证食材新鲜；凡原料来源不规范、餐具消毒不达标，停业、罚款，甚至摘牌易主。

平时在外面买包子，我只要素馅，对肉馅原料不放心。袁家村包子铺卖主边手脚麻利地开笼装袋，边快言快语解了我的疑惑：

"放一百个心，没人弄虚作假，划不来么，违一次约，罚十万，而且还砸了摊子、倒了人品。"

油炸麻花我虽爱，但平时很少买，那油，实在是让人不放心。但在袁家村，我排了半个多小时的队，买了整整三大袋……一条小吃街走下来，手拎、胳膊挂，就差肩扛了。

回民街的黄桂柿子饼，又让我挪不开步子。味蕾跳动，舌尖流涎。店主把刚烙好的热饼一递过来，忍住烫就咬了一口，表皮脆酥，内里糯软，柿子的甜感与醇香，瞬间溢满舌尖。

烟火红红，香气袅袅，肥嫩的红柳烤肉串，在头戴白帽的店小二的手里，不时来个180度的翻身；新疆烤馕，身绘各式纹图、边饰，有彩色、本色，太阳边、平边；有花朵纹，有云纹，即便没纹饰，也不素面，就在表面撒上瓜子仁、白芝麻。从大如盆底，到小如巴掌，颇有艺术范儿。

中国人对吃食的热情，极尽追求和精巧。

小吃街、回民街走下来，真正理解了一句话：美食是人的第一需要。

而谁能最好地满足第一需要，谁就是最大的大赢家。

在手工粉条铺子排队的时候，和穿红色对襟盘扣衣、系着蓝色围裙、顶一绢青色手帕的店员聊了几句，她告诉我："这村子的人品得很，都成了老板，我们这些邻村的，也来沾个光。"

"都沾些啥光？"

"打工么，有饭碗了，行动早的人，还入了股，每天坐着都能挣钱。"

专管收碗抹桌的一位男店员也凑了过来，告诉我，他是油坊压油

作者参观袁家村村史馆

的，今天休假，在这替老婆上班，家里来亲戚了，老婆在家待客。"这老板人好，冬天给员工买的保温杯，都120块钱呢。"

看来，在袁家村，不光美食愉悦了游客，店铺的老板，也愉悦着自家的店员。

自治、法治、德治相融的治理体系，涵养了古村诚信、互爱的乡风。

在袁家村，质量就是力量。这力量，来自管理，更来自人心。

村事乃家事

"袁家村是一个奇迹。"

作家、陕西旅游文化顾问王若冰来袁家村后，用这一句话抒发了自己对袁家村的感受。

他这句话，写在《漫步袁家村》一书的序言里。在他心中，袁家村是宜居宜游的中国乡村变革范本。

许多人来参观、考察、研究袁家村，试图学习这个范本，解读范本背后的谜。

一个地处旱塬,没有名山大川自然美景的普通村庄,旅游为什么持久火爆?

袁家村模式,为什么无法复制、移植?

袁家村如一个时代新娘,美目盼兮,巧笑倩兮,吸引无数人奔来,揭开她神秘的面纱。

只可惜,我不是专家,我也没有以月为数的时间来驻地探索,慢享袁家村的四季村色。我只有一趟一趟地来,感受她的风情、风度、风光,享受它的美景、美食、美物。

我在积累与袁家村的缘,也在探访、寻觅中试图拨开浮华,"问渠哪得清如许"。

村史展版上,印着这样几句话:

> 在袁家村的改革发展历程中,坚持走共同富裕之路,是每一届党支部的共同任务。
>
> "支部定出路,党员帮农户,实现共同富"是袁家村快速发展的"法宝"。

我不确定,这个共同富与共产主义,有多大的差距,但我清楚地知道,对美好生活的追求,是村民,是管理者,是游客,也是全中国人共同的愿望。

一本《袁家村的创与赢》,深入解读袁家村创新之路和农民共同富裕的平台模式,从低维到高维的文旅品牌魔力。书的宣传海报就立在游客接待中心,书腰上有一句话:莫向外求,以展现乡村魅力,实现乡村振兴。

这句话,在我看来,正是打开袁家村振兴之锁的密码。民宿、美味、人流的背后,是乡村的自我蝶变,更是乡村对乡愁的承载与回归。

俗话说:外来的和尚好念经,而在袁家村,恰恰是村民自己在念经,念管理之经、旅游之经、振兴之经。念得前所未有的好:

之一,将村民原汁原味的生活、劳动场景、生产资料,做成了旅游资源和看点。

之二,共同富的理念根植人心、组织模式深入人心,在此优质土壤里,吸引外部优势力量加入,让原村民、外来者利益共赢,和平友好相处。

之三,中国人都有一个认识——做大蛋糕难,分蛋糕更难。袁家村实行优势项目股份制、公司化管理,平衡利益,持续品牌生机。

资源变资产,资金变股金,村民变股民,这困扰乡村发展的三大瓶颈,袁家村在三产带二产促一产的集群发展中,自我解决。

我一直认为,成功没有捷径,但一定有路径。袁家村的成功之道,渗透着中华民族的道和法。道家天、地、人合一的哲学思想,让袁家村始终不失村庄的本色;而儒家为天地立心、为生民立命的抱负,像一股

神力,领导了袁家村的振兴。

村子是一个家,村领导班子,无疑就是家长,操心着家务、家政、家风,不光每一家的光景要好,村子的未来更要好。

大河涨水小河满,这是天道,更是袁家村的人道。

在村史馆,我注意到一个令人咋舌的数据:全村62户人家,286人,年人均纯收入10万以上,村集体年收入10亿以上。

大日子,小日子,都挺好。

集体经济的脉络,便在这种好日子中延续。村民不再背井离乡赚钱,守着自己最本色的乡村文化,创造一个可以追梦的童年、安放乡愁的乐园,就能吸引来大批游客,过繁华与闲适共俱的乡村生活,不比陶渊明更幸福吗?

在袁家村,不止人,一盏灯笼、一个卖油翁、一根麻花、一棵树,似乎都在守望着彼此共同的幸福。

在民宿街的宣传栏里,我看到一条乡规民约:"村事乃家事。每个家庭、每个人都要与村上的利害息息相关,不能各扫门前雪。在村上利益和个人家庭利益冲突时,要无条件地服从村上的利益。"

我想,这个服从,看似无条件,其实是刻在骨子里的情愫——"相信",而且是代代延续的相信。相信政府,相信能人。

从扔掉讨饭棍到小康村,家家户户都是亲历者、见证者、受益者。当地村民早年流行一句话:"生产队出了个'郭裕禄',改天换地饱肚子。"接过接力棒的书记郭占武,凭着眼光和胆

摄像师夏涛在咥躏躏面

识，让村民富了口袋又富脑袋。村庄发展路上，一个个焦裕禄精神的村干部，让信任远大于置疑。

20世纪70年代，郭裕禄带领村民挖坡填沟耕作，打井积肥养地，吃饱肚子；改革开放后，迅速开办砖瓦窑、水泥厂等村办企业，脱离贫困；20世纪90年代成立汽车运输队、建筑队等商业服务部，组建大型集团公司，村强民富。

2006年起，村集体将积累资金涉水乡村旅游业，书记郭占武精准发力，打好关中民俗体验牌，从乡村一日游转型休闲度假经济，名扬全国，游客如织。

农业稳村、工业富村、旅游业强村——两位袁家村的总设计师接续发力，让袁家村迈出的每一步，都是精彩的。

共同富，集体管，大带小，是袁家村打开致富之门最正确的方式。

最亮的村庄IP

去年冬天，中国作协委派电视台来给我的书《古村告白》拍纪录片，编导们离开西安时，我想尽尽地主之谊，请人家吃顿陕西小吃。他们从拍摄地回城后，住在大唐芙蓉园附近，朋友建议我，曲江银泰商场有袁家村关中印象体验地，去那品品地道的关中小吃，挺有特色。

我这才知道，袁家村居然进城了，而且选址还在西安城的黄金地段。

早早赶到曲江银泰三楼，袁家村美食霸气登场，"关中印象体验地"标识醒目，场地设计成开放式，食客无论从哪个方向，都可自由进出。一下子从高端电梯、豪华商品的现代生活跨入车轱辘、农具、辘轳井绳、缝纫机营造的乡村氛围，恍惚中穿越了时空，一步跨到了童年。

在袁家村美食街见到的小吃，这里应有尽有，老锅灶、老手艺现场制作，即使吃不了，站在一旁闻闻熟悉的味道，忆忆旧，也蛮有趣。

编导团队走南闯北，见多识广，ｂｉáｎｇｂｉáｎｇ面、搅团，却是第一次吃，看着盆子似的大老碗，裤带宽的面条，一脸兴奋，未动筷子先拍照，想晒朋友圈一时却打不出"ｂｉáｎｇ"字，我便和很多陕西人一样，张口

袁家村入城出省项目图

就来："一点上了天，黄河两头弯，八字开了口，言字往里走……"

编导们听得兴奋，戏曰："陕西不愧是帝都，一碗面、一个字，都霸气十足。"

摄像师打开镜头，店里店外拍了一圈，回到座位上问道："袁老师，你姓袁，这袁家村是你的老家吧？"我心里一动，笑着应他："对呀，袁家村是所有关中人的老家。"

在大唐芙蓉园门口送别客人，我迎着大唐的夜风，遥望袁家村的方向，在心里默默道一句：谢谢你。

谢谢你，进军城市，让乡村民俗进驻城市高端商业综合体，让我们有这么一刻，沉浸于美好的乡野风情。在城市体验村庄，在大唐皇家遗址体验大唐后世的民风乡俗，是我最有面子的一次请客。

关中民俗风情村，是袁家村的定位，也是一个乡村运作最成功的IP。村班子当年抓住县委县政府倡导旅游的东风，在媒体上花20万元征集到这个金点子，反复抉择后，由商业运营转型旅游，定位旅游特色。以村庄为载体，以村民为主体，打造关中印象体验地，精心耕作民俗旅游产业。

这一大手笔，何尝不是一个村庄的改革开放呢？

金点子在这片土地上落地生金了。

没有人不佩服决策者的魄力和胸襟。

没有谁不羡慕这里村民的富裕、开放和包容。

央视《美丽中国乡村行》节目中，袁家村党支部书记郭占武道出了袁家村的独到之处："用旅游做人气，成产业，塑品牌，袁家村吸引大家的，应该是以村为主体，以村民为每一个受益者的理念和模式。"

"袁家村现在有人了，有产业了，年轻人、外来者在这待得住了，才愿意来。不怕别人在袁家村挣钱，就怕别人不挣钱。"

美丽中国，离不开美丽乡村，离不开袁家村这样塑造了超级IP的乡村。

除了进军城市，袁家村还擘画了出省战略。在村史馆展示的分布图上，我看到已经在青海、河南、山西等地成功打造了袁家村关中民俗体验地。

从立足村庄兴旅游、村庄包围城市，到关中风情布局中华版图，袁家村始终与时代同频共振，又总是高人一等，快人一步。在集体既定的跑道上，驾驭属于村民的幸福。

在旅游界有这样一种说法：南江北村。南江指丽江，北村就指袁家村。袁家村被游客称为"陕西的丽江"。我想，这个比方，除了游客量和商业模式的类比，最关键的，是民俗风情的比对和辨识度，哪里有原住民，哪里就有民俗，哪里有手工艺，哪里就独具风情。

云南有丽江风光，陕西有袁家村风情，一村一江，一南一北，一黄土一江水，就是半个中国，更是民俗的中国、民意的中国、民族的中国。

有人说，袁家村是中国乡村生活方式的领航者。我深以为是。

我想，我还得补充一句：袁家村，是天、地、人合一的和谐生活示范者。

在这里，且休闲，且奋斗。

在这里，把生存过成生活。

（走访时间：2021年2—3月）

后记

乡村的盛情

长篇纪实《古村告白》出版两年之后，本以为与那些意气风发的村庄已经作别，未曾想，春风又绿寸草心，《指尖上的村色》经专家评审后立项，我再一次扎进村庄。

"乡村对中国人而言，是千百年来延续的一种公众情绪，它统率着口味、方言和精神认知。"我不知道这句话是谁说的，但我相信，在高楼大厦林立的城市江湖里，每个人都怀揣乡村的河山。

我发现，这些乡村的山河地理，不但哺育不同的文化心理，更分娩出了花团锦簇的手工艺。每一件手工艺品，都藏着生活方式和心灵独语，是天地人和的尤物。循着它们，可以辨识一个村庄的精神脐带。

这些民俗手工艺，在全世界有一个共同的名字——非物质文化遗产。一个宏观的概念、一个丰富的词条。民间艺人舞动的指尖、留下指纹的手工作品，就是对这个词条温情的解读。

正是这些非物质文化遗产，让村庄不再空，也不再是城市的赝品。

我喜欢与大地、手工、现实有关系的村庄。书里的四大古村，都身怀"绝技"：中国腰鼓安塞区冯家营村、陕西藤编南郑区水井村、中国泥塑凤翔区六营村、关中民俗礼泉县袁家村，这些都是典型地以民俗风情、手工艺而闻名的明星之村。

四个村子，四种风情，缓缓在这本书里展开一幅四季画卷——手艺村的夏秋冬春。

时代列车滚滚向前，碾过了无数的春夏秋冬，我在乡间，用眼睛和心，定格了2020的秋冬和2021的春夏。

一切在向前，我却在引渡从前——那些从遥远的过去走到现在的脚印。我得让时光找见回家的路。

幸好有民俗，幸好有手艺，它们雕刻着岁月，惊艳了时光，更留下了一个村庄的活态史书。

我试图以手工艺的心灵指向、来路和去路进行村庄叙事，不为某个村树碑，不为某个人立传，真诚地书写，本身就会产生结论，甚至理论。

每一次远赴村庄的采访，都在节假日，不忍打扰官方，导航就是我的向导，介绍信就是我的名片。大多数时候，我以游客的身份"卧底"，拨开新闻的浮华，探寻村庄的底色。屡屡与想采访的人失之交臂，又常常有意外的遇见。

每遇见一个有特点的人，都得动脑子：啥话题，能迅速开启对方诉说的欲望？尤其那些大师级的人物，经的世面、见的媒体太多，如何撇开全媒体铺天盖地的报道，用独特的发现，开掘通往心灵的秘道？

我希望自己的作品就像自己，不违和，也不架空。怀揣敬畏之心，平视所有遇见。

每到一个村，我像一个满地拾谷穗的农妇，恨不得捡遍整个田野。阳光烤出了汗水，故事带出了泪水，才背着一袋袋收成回到西安，精心筛选。在夜深人静之时，启动文字的磨盘，精心打磨、加工。

说好再不熬夜，却总被夜煎熬。

明明睡在自家床上，却总在那些村庄里辗转反侧。

这本书还有一个最大的挑战：把画面变成文字。在短视频当道的今天，媒介都在把文字变成画面，而我，试图反其道而行之。

民俗风情、手工艺品的美感，冲击力太强大了，用镜头呈现，无疑是淋漓尽致的。但我总觉得，一览无余的视觉美，过于热烈，容易让人不过脑子，消解了想象和思考。我希望自己用眼睛将画面粉碎，经过心灵的孵化后，再拼接、还原成文字。

当文字徐徐起立，一段一段站到纸上的时候，便是一帧帧重生的画面。

美还是那样的美，但分明又不一样了。

我想用这种方式，传递心跳和温度，去接近美的本质。

今天，走向小康的乡村，开始新一轮的繁衍与新生。

村庄史、家族史、非遗史，在尘灰中醒来，沧桑又青春。

老手艺，正随着手艺人渐渐老去，又在时代哺育中焕发新生。

手艺人，让乡村更美丽；美丽的乡村，更反哺手艺人的生活。这也是一种美美与共吧。

且让匠心故事、乡村精神，在我的文字里驻留并发光。这是一个作家和民间手工艺的心灵之约。

写下这一切，是我的执念。

常常觉得，写作也是一门手艺，我就是一个写字匠，与这些手艺人一起，正在岁月的炉火中熬煮。

也许，文字不会老，而老手艺会。终究有一天，它们将成为记忆和祭奠。关于它们的时光、它们的气息，都会消失。

但我相信，因了我们今天的保护、纪录，它们的消失，其实只是消融，像雪融于水——

融于时代之水，融于中华民族的血脉里，生生不息。

我能做到的，就是用自己的书写，摁下一枚心灵的指纹。

然后，在乡村的盛情里，与新的时代干杯。

这本书，不是我一己之力所能完成的，必须在此隆重感谢。

感谢陕西省作家协会立项扶持，催生了这本书。

感谢原陕西省文化厅副厅长、原陕西省作家协会党组书记蒋惠莉、陕西省妇女手工艺协会会长崔玮、《陕西日报》高级记者戴吉坤、咸阳市作家协会代主席董信义、延安市作家协会副主席侯波、安塞区委宣传部米宏清等，这些师长、朋友热心为我的走访牵线搭桥，鼎力帮助。

感谢陕西师范大学出版总社约稿，尤其是杨杰的肯定和督促，让我没有半途而废。

还是那句话：我只是一棵树，你们给了我森林。

西安·未央
2021年5月19日